刑事の記憶Ⅲ

不在証明《アリバイ》

島　二郎

文芸社

もくじ

第1章　贈収賄事件

特捜班係長拝命

前年の平成11年に、鹿野署刑事係長として統一地方選挙にからむ公職選挙法違反事件2件を検挙し、併せてその年春に発生した美貌の未亡人殺人事件を解決した原田勝警部補は、平成12年春の異動で隈本県警本部捜査二課知能犯特捜第二班二係の係長になった。鹿野署で原田の部下として手柄を立てた吉田哲司巡査部長も、同じく特捜班二係に異動となる。

その年の捜査二課の体制は、知能犯特捜第一班の班長が鶴山警部、第二班の班長が亀沢警部で、長年のライバル関係にある。

その頃、新たにできた金融特捜班の班長が坂上警部、全体を束ねる次席には、その年の春から河島警視が就任していた。皆、原田が古くから知る知能犯捜査のエキスパートである。

原田は、昨年夏の鹿野署事件の解決以来、久し振りにゆっくりとした時間を過ごした。鹿野署ではそのあと特に大きな事件も起きず、そのまえ半年の激動の時期が嘘のように、平穏な時間が流れた。

原田は週末ごとに隈本市東部の自宅に帰ることができ、妻と高校2年、中学2年の娘達とも話をする機会が増えた。

日曜日には、下の子と近所の警察署柔道場で稽古に励んだ。原田は長身の柔道四段で、高校時代には九州大会無差別級個人優勝の経歴があるが、娘も軽量級の初段で、県下の中学柔道大会では2年生ながら五指に入る成績をあげ続けている。

妻も子も申し分ないのであるが、ただ原田は80歳の母とも同居していた。単身赴任であまり家に帰る時間がないときはそうも思わなかったが、しばしば帰ってみれば、妻と母の間で苦労することもある。

子供達は、母と祖母の双方からそっと距離を置いて、お互いの苦情を無視しているようだ。原田もできるだけそうしたかったが、妻や母にとってお互いの不満をぶつける先は、息子であり夫である原田しかいないから、無視もできない。

そんな中、今回の異動で自宅から職場に通うことになった。子も、妻も、母も喜んでいるが、原田にとっては幾分か気の重いところもある。しかし、毎日猫が寝床に入ってくるのが楽しみである。

南郷署出張

4月も末になる頃、鹿野署長から南郷署長にこの春異動した山下警視から河島次席宛に電話があった。山下警視は河島次席の知能犯刑事としての先輩にあたる。

南郷署は、隈本県東部の阿蘇山大火口底に広がる阿蘇谷を、そこに隆起した阿蘇五岳（根子岳、高岳、中岳、杵島岳、烏帽子岳）を境に北、南に二分する北郷市、南郷市と、その東方の外輪山外に広がる深森町を管轄とする署員百数十名の大規模署である。県内では隈本市内の3署（中央、西、東隈本）に次ぐ規模の警察署であった。

警察署長は、ほぼ1年ごとの異動となる。通常、山下警視のように理事官（警視6～7年目）の肩書がつく中規模署の鹿野署長から異動する場合は、県警本部の理事官（課長職担当官）か1階級上げて参事官（部次長職担当官）となる。

しかし、山下署長は、退職まであと1年を残すだけであること、署長は鹿野署長を務めただけであることから、署長を参事官職が務める大規模署（参事官署）の南郷署長に異動となったものと思われる。もちろん、本人の希望と鹿野署長としての功績もあってのことだ。

山下署長の電話の趣旨は、南郷署の刑事二係長を務める警部補が贈収賄の情報を仕入れてきた、というものだった。その贈収賄とは、贈賄側が現役の深森町議会議長、収賄側が議員数名である。また、議長に贈賄を指示したのが現役の深森町長、その資金を作ったのが同町所在の建設会社社長という構図であった。

隈本県警としては久し振りの贈収賄事件である。しかもその中に現役の議長を含む町会議員が含まれ、更に、町長とその後援者の建設会社社長が含まれているというのだ。警察、特に知能犯刑事にとってこれ以上のものはない。垂涎の的というものであった。

しかし、河島次席はいつも慎重である。情報を持ってきた警部補は本山といい、河島が市内署刑事課長のときに使ったことがある。熱意のある優秀な刑事で取調べも上手いが、猪突猛進型で少し視野が狭いところがある。この情報は冷静に皆で検討する必要があると河島は思った。

そこで両特捜班長と相談し、特捜班員を南郷署に派遣して、検討することとした。その人選をどうしようかと話を向けると、亀沢警部が言う。

「本山とは、うちの原田が仲いいようです。原田は、暴力団九州会の事件で処分されたあと昇進が遅れていますが、本山の先輩的立場で、いろんなところで一緒に勤務してきたようですよ」

河島も、九州会の事件をよく知っている。自身は当時県南のある署の刑事生活安全課の係長に出ていて、関与せずに済んだ。しかし県警捜査二課次席を務めていた親しい先輩が、このことが元で減給の懲戒処分を受け、以後の出世を棒に振った。苦い思い出のある事件である。

この事件は昭和の終わり頃のことだ。暴力団九州会所属の隈本県北の有力な暴力団と、全国規模の山一組に属するが、末端である県南の弱小組織との間で抗争事件が発生した。その後、抗争事件は九州会と山一組との間の全面抗争に発展する。その中で、組事務所の警戒に当たっていた隈本県警の警部補が銃撃を受け、瀕死の重症を負ってしまった。

これに激昂した隈本県警の多くの警察官が、逮捕された九州会玉井組員多数に暴行を加え怪我を負わせてしまった。当然問題となり、最終的に7人の警察官が罰金30万円の刑事処分と6か月間停職の懲戒処分を受けた。

その中の一人が原田であったが、当時から原田は無実で、自己申告したのは同僚や警察組織を庇ってのことだと、皆に噂されていた。原田はその後10年近く昇任試験が受けられず、その間に階級は多くの後輩に追い越されたり、追いつかれたりした。本山もその後輩の一人である。

河島が鶴山を見れば、鶴山も頷いている。河島は、原田係長と係員の吉田を派遣することとして、その旨山下に電話する。山下に異論がある筈もない。弾んだ声が帰ってきた。

「そうであれば泊まり込みでやってくれんね。久し振りに一杯やりたいので」

実は、山下と原田達は転勤祝いを菊川市の食事屋で一緒にしてからまだ1か月も経っていないが、そのことは伏せておく。河島は承諾して、早速、原田と吉田に翌日から1泊2日の出張を命じた。

南郷署は、外輪山に囲まれた阿蘇山大火口底に隆起した阿蘇五岳の南側に位置する南郷谷の中程にある、4階建ての建物である。その2階、署長室隣の応接室に午後1時丁度に原田は出向いた。吉田も一緒である。

署長応接室は15坪ほどの長方形の部屋で、中央に10人ほどが座れる楕円形の机と椅子がある。北側の窓一杯に根子岳と高岳が広がっており、その先に中岳の白い噴煙が見える。山肌はまだ草が生え揃わないのか、野焼きの黒い痕が青い若草の間に所々見え隠れしていた。

山下が一番上座の窓際の椅子に座り、原田他4人が思い思いに着席する。すると山下が席を立って窓際に寄り、大きなガラス窓を左右に引き開けた。4月の空気が室内に満ち渡る。少し冷たく、原田は気持ちが引き締まる思いがした。

嫌疑

山下が話を切り出す。

「皆ご苦労さん。本部特捜班の原田係長と吉田部長刑事だ。こっちはうちの署の加藤刑事課長と本山二係長、それに寺井部長刑事だ。皆、面識はあるよな」

もちろん全員面識がある。というより、加藤は九州会事件のとき、課は違うが原田と同じ隈本西署にいた。その後職場は離れているが、原田に対しては恩に着る出来事がある。

「ご無沙汰しています。その節はお世話になりました」

と、加藤の方から深々と頭を下げた。

また、本山と寺井はあちこちで一緒に仕事をしてきた刑事で、原田の弟分だ。よく知っている。

「はい。宜しくお願いします」

皆で声を合わせて挨拶し、会議が始まる。特に司会者の指定はなく、自然と山下が会議をリードする形となった。

「いや、最近面白い話が舞い込んだ。本山君、説明してくれんね」

「わかりました」

本山は40歳を少し過ぎた小太りの男で、顔が丸く、色は白いが眉と髭が濃い。反対に髪はかなり薄めだ。

本山は下座の壁際に置かれたホワイトボードに向かうと、黒のマジックペンで一番上に大きく堀田金造という名を縦書きで書き、その下に矢印を付けて、黒石功、戸部建夫、石井清、芝木等という4人の名前を横に並べて同じく縦書きで書いた。

次に、堀田金造の右横側に最上透という字を縦書きで書き、金造との間を2本の直線で結ぶ。また、金造を挟んで最上の反対側に堀田泰という名を同じく縦書きで書き、金造との間に1本の線を渡し、その下に「金１００万円」と記載する。最後に堀田泰の上に小さく堀田剛という名を書いて、その間を1本の線で繋ぐ。

その上で一応の説明に入る。

「これが全体の構図です。事案は、今から3年半ほど前の深森町議会議長選挙のための臨時議会でのことです。堀田金造が投票を依頼するために、この4人の議員に金10万円ずつ渡した、というものです。その際、金造の甥で建設会社経営の堀田泰が金を用立てています。最上は深森町長ですが、堀田泰と一緒に金造を応援したようです」

その上で質疑応答となる。暫くは原田と本山がやり取りをする。山下や加藤、寺井はそれまでに十分本山から事情を聴いていた。

「深森町の議員は、何人いるの」

「11人です」

「その中の4人だけにお金を配った理由はなんなの」

「はい、町議会は町長派5人、反町長派4人、中間派2人に分かれています。中間派の2人と、動きが心配な町長派の2人に配ったようです」

「金造が議長になるのに、どうして堀田泰や最上が金を出したり、応援したりするの」

「堀田泰は堀田建設を経営していて、この会社は年商10億円くらいの会社ですが、ほぼ半分ほどを深森町の公共工事で売り上げています。最上の後援者の一人ですが、選挙資金の殆どは堀田剛、泰親子が用立てしているそうです。金造を議長にして、堀田建設が深森町の工事を取りやすくするように、堀田剛と泰が仕組んだものと考えられます」

原田は、よくわかるが、わかり過ぎるところが引っかかる。黙って考え込んでしまった。

その間に、吉田が本山に質問する。吉田も本山の先輩にあたり、原田を含めての人間関係では兄貴分だ。

「金造の議員歴は何年くらいかな」

「7期目というから、27年半というところですかね」

「議長は初めてなの」

「今期が初めてのようです」

「議長になるのが遅いのではないかね」

「まあ、金造という男はなかなか癖のある男で、議員仲間の人望がなかったようです」

「そんな議員の中で人望のない男を、なんで堀田泰や最上は、わざわざ金を使ってまで議長にしようとしたのかな」

「それは……」

本山は答えに詰まった。そこで原田が顔を上げ、話に割って入る。

「この情報は誰から取ってきたの」

「はい、福山建設の社長がわざわざ電話してきました」

福山建設とは、深森町馬原に本社がある有限会社で、年商1億円前後の小さな会社である。深森町清川に本社を置く年商5億円ほどの徳本工業株式会社の下請け的な仕事をしている。徳本工業は、堀田建設の反対派、反最上派の建設業者で、このところ冷や飯を食っていた。

原田はさらに本山に質問を続けた。

「その情報はどこまで確認しているのかね」

「はい、当事者の中の芝木に確認しました。芝木は中間派の議員です」

「芝木からはいつ聴いたのか」

「はい、深森町民センターであった南郷署警察友の会の懇親会の場で話してみました。芝木とは、以前出資法違反の疑いで事情を聴いたことがあり、面識があったのです」

「それで芝木はどう言ったの」

「驚いたようですが、否定しませんでした」

「否定しなかったというと」

「僕が『こんな話があるが』と聴いてみると、『町じゃ公然の秘密ですが、それ、捕まりますか。困ったな』と言っていました」

「ふーん……」

原田はまた黙り込んでしまった。

山下がここで口を挟む。

「本山君、堀田金造や堀田建設の概要と、最上町長のことを話しておいてくれんかね」

「わかりました」と本山が話を進める。

それによると堀田金造は当年72歳、終戦後、親の材木屋の跡取りとなって、暫くは木材好況に沸いた。一時は手を広げて、深森町中心部の馬原で飲食店や遊廓まで経営していたようだ。馬原は宮橋県と隈本県を結ぶ日向往還の中間点にあり、古くから宿場町として栄えていた。飲食店や遊廓の客に事欠かなかったのである。

しかし、やがて戦後復興が一段落し、安い外材が輸入されるようになると木材市況は一挙に暗転する。また、交通路の整備と発達で宿泊客が減り、さらに売春防止法が施行されると遊廓も畳まざるを得なくなる。昭和40年代半ば頃には飲食店も材木屋も、形ばかりとなってしまっていた。

そこで、当時深森町で建設業を興し、折からの道路、河川改修などによる建設ブームで景気のよかった兄堀田剛の手伝いをし、建設ブローカーのような仕事をすることとなった。一方、材木屋だけは現在も細々と続けている。

兄剛が事業を株式会社化する頃、公共工事を受注する上で政治との関係が必要ということが認識されてきた。兄の勧めと後援を受けて、金造は深森町の町会議員となる。45歳のときであった。

以後、6期と3年半、金造は議員の地位にある。町会議員とはなったものの、酒癖が悪く、女癖も悪い男で、議員研修旅行中に女性添乗員の尻を触って新聞種になったことがある。また喧嘩早く、人との協調性がないので、議員仲間や役場職員の評判はすこぶる悪い。

しかし、金造には堀田建設という後ろ楯がある。堀田建設は深森町歴代町長の一部や有力議員の相当数と良好な関係を続けているので、当選だけは続けている。しかし、副議長にはしてもらったが議長には長い間就任できなかった。やっと7期目が始まるとき、議長就任が叶ったのである。

堀田建設は、前代表者の堀田剛が昭和20年頃に戦地から復員して始めた大工の親方から始まる。剛は長男ではあるが父親と仲が悪く、出征するまで10年近く、雇われ大工をしていた。

仕事を始めて暫くは隈本市、宮橋市などの被災地復興の建築需要で引っ張りだこだった。そのうち建築復興が一段落すると、道路や河川工事などの公共工事が盛んとなる。剛は大工仕事で稼いだ金を基に、故郷の深森町馬原に帰って土木建設業を興した。これも順調に業績を伸ばして、やがて昭和30年頃、有限会社を設立し、昭和40年頃には株式会社に組織変更している。

剛の弟の金造が深森町会議員になってから、堀田建設の仕事は公共工事が次第に多くなっていく。剛は、深森町の町長や有力議員との関係をさらに深めていった。

しかし、何事もいいことばかりではない。深森町では政治的に二派の対立が永年続き、町長は、1期から3期ごとに反対派閥に交代した。

また、田舎町の選挙にはなにかと金がいる。呑ませ、食わせ、現金を渡すことも少なくない。この選挙資金を用立てできる者は、この地域では建設業者だけであった。というのも、深森町のように辺鄙な田舎町では、地元産業といえば個人商店、飲食店と林業、農業の他は建設業があるくらいだ。大規模店舗や銀行などは域外企業の支店であり、地元の政治に関与することはない。このところ林業の景気が悪く、農業も大規模な農家はいないため、選挙資金を用立てる力のある者は、建設業者くらいとなるのである。

二派が対立する構図の町長選挙を繰り返すうちに、建設業者はそれぞれ二派に分かれて選挙運動を戦うことになった。そしてある町長が選挙で落選すると、前町長の支持者は新町長から爪弾きにされることになる。建設業者の場合、勝った方の建設業者はその町長任期中は優遇され、反対に負けた方の建設業者は殆ど町発注工事の受注が得られなくなるのだ。現在は、反最上派の徳本工業が町工事受注で爪弾きに遭い、堀田建設は最上派だから優遇されている。

剛は、比較的早い頃からそのことに気付き、たとえ自身の支持する町長の時代であっても、町発注の公共工事受注割合が半分を越えないよう注意していた。一つの危機管理である。そのため、反対派町長の冬の時代もなんとか会社経営を維持することができ、次の選挙での、反撃資金の用意もできたのである。

剛は10年ほど前、古希となったのを機会に社長を退き、息子の泰に社長を譲った。泰は、県立工業高等学校を卒業後、中央の大手建設会社に10年ほど勤めた。そのあと剛に呼び戻されて堀田建設に入社し、専務取締役を経て社長になっている。今年52歳であるが、二代目らしく堅実な経営が持ち味である。それだけに、叔父の金造のことがあまり好きではない。

最上透は、42歳であるが町長2期目である。深森町の元町長最上信の一人息子で、大学農学部卒業である。最上家は深森町や南郷市他に、数十町歩の山林を有する山地主で、信は深森町森林組合の組合長を務めていた。今から4期前の深森町長選挙で当選したが、2期目に反対派の土田芳夫に破れてしまった。そこで次期町長選挙までの4年間、捲土重来を期していたが、選挙数か月前に60歳の若さで急死した。心筋梗塞である。

そこで後継者の人選を急遽進められる中で、当時35歳で隈本一区の民友党代議士秘書をしていた透の名が上がり、後継者に指名された。準備不足であったが、透の後援者は信の弔い合戦を合い言葉に選挙を戦い、現職の土田を大差で破るという大勝利に結びつけた。

その功労者の筆頭は、当時社長を引退していたものの隠然たる力を持つ堀田剛である。

最上透は2期目も反対派が擁立した土田の後継の西候補に勝利し、現在町長7年目である。良家のぼんぼんで線が細いという見方もあるが、秘書時代に培った代議士達とのパイプも生かして堅実に町政を進めているという評価が多い。

ここで本山の説明も一段落となる。ホワイトボードの前から自席に戻り、冷えたお茶を飲みながらの応答となる。ここでも聞くのはまず原田だ。

「その、堀田金造、堀田建設、最上町長の間だが、現在はうまくいってるのかな」

本山が答える。

「それが、うまくいっていないようです」

「原因はなにかわかるかね」

原田の質問に、本山は寺井の方を振り向く。寺井がこれに答えた。

「はい、本山係長の指示で堀田建設の社員に話を聞いてみました。僕の友人で、同年配の釣り仲間です。その友人の話によれば、堀田金造は長い間堀田建設の顧問で、月30万円くらいの顧問料を貰っていたのが、最近、解任されたそうです」

「へえ、解任された理由はなにかな」

この原田の問いにも寺井が答える。

「なにか、税務調査で、勤務の実体がないのに金を払うのはおかしい。経費として認められない、ということだったようです」

それはどうかな、と原田は思う。堀田建設が金を払いたいのであれば、役員報酬で支払うとかいくらでも手段はある。まあ、これは堀田建設が金造を切ったということだな、と原田は思う。また口を閉ざしてしまった。

その間に吉田が聴いていく。

「月30万円もの金が入らなくなると、金造も困りますよね。そのことは最上も知っていたようですか」

「そこはわかりません」

本山は正直に言った。まだ町長の周囲に話を聴くまでの機は熟していないのである。

「金造に顧問料を支払わなくしたのは、剛の判断ですかね。泰の判断ですかね」

これに、今度は寺井が答えた。

「その点もまだ確認はしていません。しかしここ数年は、歳のせいか剛はあまり口出ししてこなくなったようですので、友人は泰の判断と思っているようです」

そのあと、４人の議員の年齢、職業、経歴等について説明があり、また、堀田建設の会社概要、役員、従業員の状況などについて質疑応答がある。議員４名は、農林業の元南郷市職員が１人、建設業が１人、社会福祉法人の理事が１人、元深森町職員が１人である。年齢は50歳代から70歳代であった。

堀田建設の概要は、年商10億～15億円の間で、ここ10年の決算で赤字になったことはなく、およそ数千万円の経常利益を上げ続けている。従業員は、常勤社員は20名ほどであるが、その外に常用作業員と呼ばれる数十人を使って仕事をしていた。

この質疑応答の間も原田は目を瞑って黙っている。聞いていないようにも見えるが、決してそのようなことはない。人の話を聴きながら、考えに耽ることもできるのが原田であることを、加藤以外は皆、よく知っていた。

山下が言う。

「まあ、そういうことだ。確かに情報は得られた。警察にとって面白い情報だ。しかし、まだ海のものとも山のものとも、全くわからん。これからどう切り込んでいくか、その方向性を考えるということだ」

原田がそこで目を開けた。

「それと、方向性を考えるにも時効がありますよね。贈賄側は3年半経ってますので、公訴時効成立です。収賄側は5年なのでまだ大丈夫ですが、今説明の事実で着手しても、最上、堀田泰、金造は起訴できないので事件にできないですよね」

これには誰も答えられない。そのとおりなのだ。皆を見回しながら、原田は続けた。

「事件にできるのは、金を貰った4人の町議だけです。なにか、大物を取り逃がして、小物だけ捕まえることになるのが釈然としませんね……」

犯罪者を警察が逮捕し、検事が起訴して裁判を受けさせるためには、一定の期間内にする必要がある。これを公訴時効期間といい、金を受け取った方の収賄罪については5年なのに比べ、金を贈った方の贈賄罪は3年なので、そういう結果になるのだ。

山下が言う。

「そのとおりだ。しかし収賄罪は重罪だ。捨てて置けない。犯罪が立件できるのであればやむを得ないだろう」

これは永く知能犯刑事をしてきた山下の思いであり、原田たちも十分理解していた。

「よくわかります。しかしこれは、切り込み方を間違えたらとんでもない方向にも行きかねません。最初の方針が特に重要ですね」

原田がそう言いながら頭を捻ってみせると、

「そういうことだ。原田君、吉田君、一つこれを持ち帰って、捜査二課全体で協議してくれ。俺たちも引き続き考えてみる」

と山下が取り纏めて、当日の会議を終えた。

時間は午後5時を過ぎている。当日原田と吉田は「かんぽの宿」に素泊まりである。山下が皆に6時半に署長官舎に集合するよう事前に話していた。原田と吉田はその間、近所にできた日帰り温泉施設で入浴することにする。寺井も是非付き合わせてくれと言うので、3人一緒に車で5分ほどの温泉施設に向かった。

その温泉は、民間の温泉好きが自分の趣味に合わせて作ったもので、10人も入れば一杯になる大浴場と露天風呂、それに小さなサウナと水風呂があるだけのこぢんまりとしたものである。脱衣場の外に飲料の自動販売機はあるが、飲食物の提供施設はなく、どれほど採算を考えて作ったのかわからない。

しかし、泉質は白濁した硫黄泉のかけ流しである。また露天風呂に入れば雄大な根子岳が目の前に聳えており、麓から山にかけての景色の中に人家は見えず、広々として開放感がある。温泉好きの原田は以前から何回も来ていた。

3人はかけ湯をして大浴場の浴槽に肩まで浸かる。他に客は2人、歳とった人がいるだけだ。

「いやあ、いい湯だね」

原田は思わず声が出る。

「本当にそうですね。僕は、こっちに転勤してきた去年から、月に2~3度は来ていますよ」

と寺井が応える。吉田も頷いている。

３人ともに身体を洗い、外に出て露天風呂に浸かる。そこで寺井が話しかけてきた。

「原田さん、今日の情報をどう思われますか」

原田は乳白色の湯を両手で掬って顔にかけながら、寺井に言った。

「まあ、この景色を見てごらん。何回見ても見飽きないね」

寺井も吉田も景色に目をやる。麓の濃い緑色の草地から次第に色が薄くなって、山の頂の辺りは殆ど黒みがかった灰色となっている。山の天辺は、ギザギザとしていて、斧で伐採した跡の切り株のようだ。

原田は、それを見ながら言葉を続けた。

「寺井君、風呂の中と寝るときは、仕事のことは考えないものだよ。ゆっくりと休むんだ」

寺井は我に返ったように応えた。

「すみません。以前も同じことを聞いていたのに、つい、失礼しました」

吉田も言う。

「ほんと、頭も身体も休ませないとね。それに布団の中での考えは、いいことを思いついたようでも、起きてみるとろくでもないことが多いよ」

原田が話題を変える。

「ところで寺井君は、根子岳の本当の名前を知ってるかね」

「はあ、本当の名前とはなんですか」

「いや、根子岳は本当は『猫岳』というんだ。昔、この辺りの猫は、歳とると皆あの山に登ったらしい。殆どは途中で死ぬが、たまには頂上まで登ることのできる猫がいる。するとその猫は、尻尾が8本に分かれて、神通力を持つのだよ」

寺井には初耳である。

「へえ、そんなことがあるんですか。でも、尻尾が8本に分かれた猫なんて見たことありませんよ……」

「言ったろう。神通力ができるんだ。人間に姿を変えることもできるんだよ。猫のままでいる筈ないじゃないか……」

原田はと見れば、細い目を益々細くしてニコニコと笑っている。冗談好きな男である。

身も心もリラックスして、原田達は湯から上がり署長官舎へ向かった。署長官舎は南郷署に隣接した南斜面にあり、南外輪山を遠く望む景色の良い場所に建っている。平屋建てで、玄関から入ってすぐ南側に8畳の二間続きの和室がある。その右側に、ダイニングキッチンや、風呂、トイレ、寝室等があるが、署員を呼んでの会食や内輪の会議などには8畳の二間が使われる。その日は合計6人なので、8畳間の片方が使われた。

中央に座卓が二つ並べられており、その一つに鉢盛が二つ並び、もう一つの座卓にガスコンロが置かれその上に土鍋がある。座卓の東西に座布団が一つずつ、南北に二つずつ敷かれ、その前に取り皿となる小皿に箸、ビールのコップなどが置かれている。その準備は、刑事課の若い女性警察官二人が済ませてくれていた。

座卓の西側の座布団に山下が座り、各自が思い思いに着席して宴会が始まる。

「カンパーイ」

山下の音頭で杯をあげ、酒宴が始まる。

「いや、嫁が来てないので、店屋物ですまん」

と山下が詫びを言う。

奥さんは隈本市が実家である。前任地の鹿野署のときは一緒に署長官舎に住んでいたが、最近、奥さんの父親が要介護状態になったため、山下は単身赴任となったようだ。

鉢盛は、刺身類と煮物、揚げ物類の二つだが、見栄えもいいし食べてみれば味も良い。まずまずだと原田は思った。

「最近差し入れがあった猪の肉がある。あとで猪鍋にしよう」

と山下が言うので見てみれば、部屋の隅にまた別の座卓が置かれており、その上に肉と野菜類が大盛りにして、ラップをかけてある。これも、女性警察官が用意してくれたようだ。女性警察官は、山下から「一緒にどうか」と勧められたが、遠慮して帰っていった。

部屋の隅の座卓には、肉と野菜の大皿の他に、日本酒の一升瓶が2本置かれている。このあたりの銘酒「神山」だ。ビールは、なくなるごとに隣室の冷蔵庫からその都度取り出してきていた。この酒の手配は、寺井と本山が二人で担当する。また、二人は折をみて土鍋の中に肉と野菜を入れて猪鍋を作る。あとの者は皆お客様だ。ただ酒が飲めない吉田だけは、気をつかって自分の分の烏龍茶の用意をしていた。

暫くは食事とビールに舌鼓を打ち、口数は少ない。「美味い」とか、「アチチ」とか、「これ誰の差し入れなの」程度だ。

そのうち食事が一段落し、ビールが日本酒に代わる頃、山下が口を開いた。

「昼は皆、遠慮して思い切り言えなかったんじゃないか。これからは無礼講だ。思ったことをズケズケ言ってみんか」

早速、吉田が声を上げる。

「福山建設に情報を流したのは誰なんですか？」

それには本山が答える。

「今のところ福山は口を濁しています。聞いても『それはチョット』と答えませんでしたが、おおよそ徳本工業辺りではないかと踏んでいます」

さらに吉田が突っ込んでいく。

「そうなると、その徳本工業に誰が流したかですが、その点は目星がついているんですか？」

本山は、黙って下を向いてしまった。ここで山下も話に加わる。

「そこなんだよね。この議長選贈収賄は、最上派と中間派のことだ。反最上派の徳本工業は知らない話なのだ。そうなると、最上派と金を貰った中間派の誰かが漏らさないことには徳本工業まで行く筈がない」

するると本山が顔を上げた。

「僕が芝木に事情を聴いたところでは、芝木ではなかったです。最上や堀田泰が徳本工業に話をすることは考えられないので、あとは黒石、戸部、石井の議員３人くらいですか……」

寺井が、遠慮がちに口を出した。

「僕は金造が一番怪しいと思ってるんですがね……」

これに本山が反発する。

「しかし金造は事件の中心人物だ。贈賄側とも言えるが、俺は収賄の共犯、共同正犯か教唆犯で立件できると思っている。それに金造は最上派の中心人物だよ。自分の首を絞めてまで最上や甥の堀田泰を売るようなことをするかね」

寺井は黙ってしまった。暫く沈黙が続く。すると、原田が皆を見回して口を開いた。

「まあ、そんな色々なことを本部で協議することになる。そのために、早速やってもらいたいことがある」

皆、原田に注目する。原田は真顔になっている。

「その一つは、福山建設と芝木の供述調書をすぐに取ってもらいたい。そのとき、最上派には内密にするように言ってほしい。

二つ目は、福山建設に誰からその情報を入手したのか追及して、調書にしてほしい。もし、徳本工業からの情報であれば、徳本工業に確認して、誰からその情報を入手したかを聞くこと、だね」

本山も顔色を改めて「分かりました」と答え、加藤も頷いて同意した。

鉢盛と猪鍋は大方たいらげ、つまみは買い置きの乾きものになっている。ピーナッツやスルメなどだ。これを口にしながら山下が言う。

「これは、なんとかものにしたいが、どう進めたらいいかな」

本山が大声で唾を飛ばす。いつの間にか顔は真っ赤だ。

「久しぶりのサンズイ（「汚職事件」の隠語）です。やりましょう」

その言葉に頷きながら、原田が飲みかけの日本酒のグラスを座卓に置いて、身を乗り出した。

「でもこのままでは、いくつかの難点があります。その一つは、金の流れをきちんと押さえられるか、です。今のところ芝木だけですから、他の者が否認を通せば、難しい」

皆、酒を注ぐ手を休めて、原田の言葉に聴き入る。

「次に、金の流れを押さえたとして、贈収賄の故意の立証です。芝木も、今のところ金を貰ったということまでのようです。調書にするとき、『当選祝いで貰った』と言う可能性があります。そうなったら、政治資金規正法違反にはなっても収賄にはなりません。また、政治資金規正法違反は公訴時効期間が３年ですので立件できません」

これに山下も言葉を続けた。

「そうだな、当選祝いの言い分はよく出てくる。時期が選挙直後だから、ありうるよね。それに、金を貰ったことと議長選挙の投票行動を結びつけるには、難しいところもある。『そんなの無関係だ』と言われたときに、検察庁、裁判所がどう判断するかだな……」

皆、考え込む。少し酔いも醒めたような気がする。その空気を吹き払うように、吉田が言った。

「なに、皆に認めさせたらいいんですよ。きっちりと自白を調書で取ること。そうすれば検察庁も裁判所も、なにも言えませんよ」

これに皆、「そうだそうだ」と言葉を返し、また酒が進んだ。

９時頃になったところで、加藤が言った。

「この町にも何軒かクラブやスナックがあります。折角ですから行ってみませんか」

吉田は原田の顔を見る。原田は本山や寺井の顔を見る。山下も見たが、皆、行きたそうにしている。

「はい、行きましょう」と原田が応えると、吉田も「はい、はい」と了解した。

酒が飲めない吉田の運転する車に原田他3名が同乗し、署長官舎から車で5分ほどの距離の、南阿蘇鉄道南郷駅前通りにあるスナック「瞳」に向かう。あぶれた寺井は走って行くという。タクシーを呼ぶほどの距離でもないので、寺井を置き去りにした。

加藤は昨年春3月に南郷署に赴任してきた男で、何回かその店に行ったことがあるとのことだ。加藤は、身長180センチ近い長身で、筋肉質の身体である。武道歴は柔道でも剣道でもなく、空手をやっていた。今でも稽古を欠かさず、自宅と官舎の庭には荒縄を巻いた木柱を立てて、拳で突いたり、足で蹴ったりしている。

歳は44歳で原田より2つほど年下だが、警部になって8年目、今年は警視試験の資格ができる。試験に受かれば隈本県警で何番目かに若い警視となる筈だ。

加藤はこれまで交通畑や刑事畑、総務畑と、広範囲の仕事をしてきた。その意味では、捜査二課刑事の経歴が長い山下や原田とは異なる。頭もいいが性格もいい男で、言葉は柔らかくいつも控えめだ。上司や同僚、後輩からも好かれていた。

妻と小学生の娘が隈本市の自宅に住んでいる。200坪の土地に最近家を建てた。しかし土地は妻の親名義で、建物は妻と共有名義であり、なかなかの恐妻家という評判だ。

原田とは、課は違うが同じ隈本西署に勤務したことがある。歳も近く、九州会事件という出来事もあって面識はあったが、それまで小人数で酒を飲む機会はあまりなかった。

原田が無駄口を叩く。

「加藤課長、その店は美人のママさんがいるんじゃないの」

「いや、そんな、美人というほどじゃないですよ」

少しドギマギしたような加藤の言葉だ。

山下が、「ふふん、まあ見てみよう」と言う間に、車は駅前に着き、駅横の駐車場に入る。

駅前広場から、東の方角に向けて、１本の通りが続いている。およそ50メートルの短い通りで、その両側に10軒ずつ程の店が並んでいるが、その中にスナック・バーが４～５軒、赤いネオンを灯していた。

その一番手前の店に加藤は近寄っていく。「瞳」と書かれた電飾看板の前に、一台のタクシーが止まっている。その前を行き過ぎ、入口の黒い金属製のドアを手前に引いて店の中に入った。

店は、ドアを開けたところから右側にカウンターが続いており、10席程の椅子があるだけの狭い造りだ。一人の客が立ち上がって店を出ようとするところだった。70歳ほどの小柄な男だ。

店には、一番奥の席にもう一人客がいる。目が大きく、眉の濃い、頭髪は薄めで愛嬌のある顔をしている。

原田達は、先客に会釈をして奥に進む。奥の客から1席おいて本山が座り、その手前に山下、加藤、さらに原田、吉田の順に着席した。本山は1年前から南郷市の官舎に住んでいるが、この店は初めてとのことだ。山下も、もちろん原田、吉田も一見さんである。

加藤が、話の口を切った。

「ママ、紹介するね。こちらが山下署長、先の人がうちの課の本山係長、こちらの二人が県警本部の原田係長と吉田部長刑事だ」

ママが頭を下げる。

「初めまして、瞳です。宜しくお願いします」

細い身体に長い髪の、一目見るだけで美しい女性だ。顔は小顔だが少し面長で、睫毛の長さが目立っている。つけ睫ではないらしい。歳は35歳とのことだが、20歳代といっても十分通用すると思われた。

山下が、嘆息する。

「いやー……加藤君も隅に置けないな。こんな美人、見たことがない」

原田も同感だった。テレビや映画に出る女優さんの何人かを合わせたような感じで、本当に「鄙にも稀な……」という言葉を思い出していた。

そこへ息せき切った寺井が到着する。思ったより遥かに速い。

そこで本山が言った。寺井への労いはない。

「ママさん、さっき出ていった男は芝木さんではないかね」

ママは「はい」と少し緊張したような顔をする。

「さっき話に出てた芝木さんかな」

と原田が本山に確認すると、

「そう」

との答えだ。

すると本山がママに話を向けた。

「芝木さんは深森町の町会議員らしいが、ここまで飲みに来るの?」

「はい、ときどきですね……」

ママは、なにか応え辛いように見える。その場を取りなすように原田が言葉を挟む。

「まあ、今日は無礼講でしょう。なにか歌わんね」

これに「よーし」と、カラオケ好きの山下が応え、酒の用意ができる前に、勝手に機器を操作して歌い始める。元気のいい演歌だ。酒席の始まりの歌に相応しい。

山下の歌が終わった頃に、ようやく皆にウイスキーの水割りが行き渡った。ママ一人の店なので仕方がない。

そこで、愛嬌のある顔の男が帰っていった。

「皆さん、どうぞごゆっくり」

と丁寧に挨拶をする。

「お疲れ様でした」

と皆も挨拶を返し、カラオケに戻る。

本山、吉田の順に続いて歌い、終わったところで早くも水割りは2杯目になる。国産ウイスキーで高いものではないが、一次会で散々飲んだあとだ。十分に美味しい。

原田もだいぶ酔いが廻ってきた。昔から音痴といわれてあまり唄うのは得意ではない。

「よし、俺が余興をします」と言うと、皆が、「やれやれ」と囃す。

「はい、これからクイズです」

そう言って原田はマイクを握り、瞳ママの方を向いた。

「ママ、この近辺に大変有名な観光地なのだが誰も行ったことがない、不人気な観光地がある。その名前は、なーんだ」

ママは、笑いながら応える。

「なんですか、そんなところありますか？」

原田は再度言葉を重ねる。

「その名前は、なーんだ？」

「そんなのわかりませんよ」

ママが白旗を上げるのを待っていたように、原田は言った。

「それは、大観峰……」

北外輪山から突き出した高い崖で、阿蘇五岳を北側から一望する絶景の観光地だ。

「そこは、みんな行っているでしょう」

ママの言葉に、原田が続ける。

「でも、だーいかんぼう。誰ーん行かん、ボー」

「まあ、まあ」

ママが苦笑する。かなり「寒い」駄洒落である。ママと加藤以外はみな聞いたことがある話だ。

原田の話はまだ続く。

「こんどの話は天草の、ある女性祈祷師さんの話だ。ちょっと長くなるがいいかな」

駄目だと言ってもやめる原田ではない。皆、諦めて聞いている。

「この人は目が見えないんだが、手で触ると、週刊誌の名前だけはなぜかわかるんだ。例えば『先生、これなんですか』と言って週刊文春とか、新潮とかを差し出すと、手でさすっているが、やがて名前を言うんだ。きっちりと合っている。

週刊現代とか、微笑とか当てていただいたあとで、俺が少年ジャンプを持っていって、先生これなんだ、と聞くと、『中年ジャンプですね』と仰る。

俺が、少年ジャンプですよ、と言うと、『この本、だいぶくたびれていますからね』と仰るんだ。

そこで俺が先生の手を取って、先生の股間に持っていって、『先生これはなんですか』と聞いたんだ。なんと答えられたと思う?」

ママは、笑いながら、

「そんな……」

と絶句している。すると何度か話を聞いたことがある寺井が、

「女性自身でしょう」

と言う。

「そうだ、正解」

原田は大きく頷く。無駄話はまだまだ続く。

「そこでだ、今度は俺が先生の手を取って、俺の股間に持っていった。そこで『先生、これはなんですか』と聞いたんだ。先生はなんと答えたと思う?」

ママは、

「いやー」

と両手で顔を覆いながら、答えられない。本山が、

「男性自身ですか」

と合いの手を入れる。実は本山も答えを知っている。

すると、原田はニッコリと笑い、ママの顔を覗き込みながら、芝居がかった声でゆっくりと言った。

「平凡です……」

ママは、アハハと大笑いをする。加藤は初めてだったが、その他の者は何度か聞いている。

すると、山下がボソッと言った。

「でも、この話は俺が作ったんだがな……」

しかし話し方は原田の方が格段に面白いので、このところすっかり原田の持ちネタとなっていた。

仕事の話もしないまま、時間はやがて夜半になろうとしていた。十分に明日への英気を養い、皆、家路につく。

検討

原田の南郷署出張から3日目の午後、本山と寺井が県警本部捜査二課を訪問する。2日間の補充捜査の報告である。

河島次席は鶴山、亀沢の両特捜班長と、原田、吉田を呼んで捜査二課横の会議室で応対する。会議室は、金属椅子と、簡易机の簡素なものである。3日前の南郷署での打合せの結果は、河島次席達に報告済みであった。

河島が口を開く。

「福山建設の社長の話はどうだったかね」

本山が答える。

「はい、情報源は徳本工業ではなく、堀田金造本人でした」

「ほう……」

皆、意外な顔をする。本山が続ける。

「福山が言うには、その前に徳本工業の社長から『なにか金造から話があるそうだから、聞いとけ』と言ってきたそうです。徳本は反最上派の親分的立場ですから、自身では聞きにくかったと思われます」

そういうことなら、わからない話ではない。

「で、金造と2週間くらい前に会ったそうです。金造は自宅の他に隠れ家を持っていて、そこに呼び出されたとのことでした」

本山が一息置くと、河島が口を挟む。

「で、なんと言われたの」

「金造は『俺が議長になるとき、甥の泰が１００万円用意してきて、その中から黒石、石井、芝木、戸部の4人に、10万円ずつやったもんね。まあ、賄賂だな』と言ったそうです。また、『この情報をどう使うかは、徳本や西と相談しろ』と言ったとのことです」

西は、土田前深森町長の後継者で、一度落選しているが、次回町長選挙にもまた立候補の意を示している。隈本二区の民自党今田代議士の派閥で、南郷市と深森町を地盤とする相川県議の弟分という立場だ。仕事は旅館業をしている。

今度は、亀沢班長が尋ねる。

「福山は、本山君に電話してきたんだよね。どうして君に電話したか聞いてみたか？」

「はい、最初は徳本に相談し、念のため西にも相談したそうです。そしたら、二人とも『俺は知らん』と言ったので、警察に相談しようと思って僕に電話したそうです」

原田には、徳本も西も、こんな話に下手に関与して、面倒なことになるのを避けたかったのがよくわかる気がした。

福山とのやり取りは、参考人供述調書として文書にしてあった。これを本山が河島に手渡す。

河島が続ける。

「次に、芝木に当たった状況を説明してくれ」

本山は、手元のメモに目をやりながら説明する。

「最初の経緯から説明します」と言って、少し長い話を始めた。

本山が南郷署刑事二課の二係長になったのは昨年3月の異動だが、着任してすぐ高金利の被害者という人からの相談を受けた。一定の利率を超える高金利は出資法違反となり、本来生活安全課が取り扱う事件なのだが、相談段階では所属課にかかわらず相談を受けた者が対応する。

相談者は、南郷市で林業をしている者だった。息子が経営する小さな会社が資金難というので知人の紹介で、深森町で金融業をしている人物から金を借りたら、金利が高い。これは法律違反ではないか、という相談だった。

そこで詳しく聞いてみると、金貸しは深森町の町会議員もしている芝木等という人物である。南郷署の民間後援団体である警察友の会の会員にも登録している。話を聞いて本山は、これは場合によっては穏便に解決した方がいいかなと思い、ある日、芝木の自宅を訪ねた。芝木は特に事務所とか持っていないようだ。

芝木の自宅は隈本県の東端、小分県との県境のある山村で、昔は50軒ほどの民家があったそうだが、この頃は全部で10世帯、十数人が住む程度の集落だった。その村外れの古い、大きな茅葺き屋根の民家に、68歳の芝木は50歳代後半の妻多美子と二人暮らしであった。

芝木は先祖代々、数十町の山林を持つ山地主だとのことである。南郷市の職員をしていたが退職後、深森町の議員になり、父芝木権蔵が片手間にしていた金融業も引き継いだ。金融業といっても、宣伝などしないし、知人友人が紹介するときだけ、手持ち資金の中から融資するだけだ。利息も高いとは思わないと言う。

また、その相談者に対する貸付金額は２００万円で、利息は月３分（年間36％）なので、出資法違反には該当しない。

貸金の利息については利息制限法があり、一定程度の割合を超える利息を合意しても無効としている。つまり法律上、その限度を超える利息を請求することはできず、請求しても裁判では負けるということだ。２００万円の貸金の場合、限度は年15％である。

利息に関する法律には他に出資法がある。これは民事的な合意の効力とは別に、一定程度の割合を超える高金利を禁止し、違反の場合は刑事処罰するものである。

利息制限法を超える利息をとっても、出資法の上限利息を超えなければ刑事処罰はされない。ということは、警察で相談を受けても対処できないということだ。

利息制限法の金利は長い間一定しており、金額に合わせて20％、18％、15％に限定されているが、その当時の出資法上限利率は年40・004％であった。ただし、これは何回か改定があり、今年、平成12年の６月から29・２％に引き下げられることになっているが、相談者はそのことを、既に変更済みと誤解したものと考えられた。結局、その相談は相談だけで終わる。

そのことがあって、本山は芝木と面識ができた。そこで今回の福山の話を聞いて、直接芝木に当たってみることにしたのである。しかし今回は、わざわざ訪ねていくのもどうかと思われたので、折よく開催された南郷署警察友の会の会議後の懇親会で話を聞いたら、芝木はあっさりと認めた。このことはこれまでに報告している。

一昨日、改めて芝木の話を聞いて、場合によっては供述調書も取ろうと思って、芝木に連絡した。すると向こうから出てきたので南郷署の取調室で事情を聴いた。

まず本山が、前回深森町議会議長選挙のとき堀田金造から金10万円を貰ったかどうか再確認した。芝木はこれを認めた。

さらに本山が、

「そのとき、議長選挙で、堀田金造に投票することを頼まれなかったか」と訊いてみると、これには、「頼まれていない」と応える。

「じゃ、なんの金か」と訊くと、「当選祝いと思っていた」と言ったとのことだ。

これには皆、口を揃えた。

「やはり、そうきたか」

ここで鶴山が本山に質問する。

「芝木は、何期目なの。過去に当選祝いを貰ったことはないのかな」

本山は申し訳なさそうな顔をする。

「当選は2期目です。過去に当選祝いを貰ったかどうか、聴いていません……」

「まあ、当選祝いなんて通用せんよ。金額が高過ぎる。それに、過去に堀田金造が同僚の芝木に当選祝いを贈ったとは考えられない。堀田泰や最上ならあり得るけどね」

と、鶴山がその場を収めた。

話が一段落すると、本山は芝木の供述調書を河島に提出する。被疑者供述調書の体裁となっており、議長選挙の頃、深森町馬原の山手にある堀田金造の別宅で、金10万円を確かに貰った、とだけ記載されていた。


河島が話題を変える。

「芝木の件はわかった。堀田金造には当たってみたか」

本山が答える。

「はい、昨日会ってきました。電話して会いたいと言うと、あっさり承諾しました」

そのあと、会う場所をどうするかとの話になり本山は、福山がいう金造の「隠れ家」に興味があったので、「こっちから行くよ」と言ったら、その隠れ家を指定してきたとのことだ。

その場所は、深森町馬原の、金造の材木屋店舗から山手に入った一軒家で、縁側付きの6畳二間に4畳半の台所、という平屋だった。

そこで河島が本山に尋ねた。

「金造は、福山に話をしたことを認めたの」

「はい、すんなり認めました」

「名前もはっきりと出したの」

「はい、黒石、石井、芝木、戸部、皆きっちりと言いました。また、金額が10万円であることも言いました」

「その趣旨については、なんと言っているかね」

「議長選挙で、金造に投票することの謝礼である、とはっきり言いました」

「資金の出所については、どうだったかね」

本山は、ここで声を落とした。

「それが、自分の金だ、と言うのです……」

これに亀沢が言葉を挟む。

「福山が言った、『堀田泰に貰った』という言葉はぶつけてみたかね?」

「はい。しかし、『そんなこと言っていない』との繰り返しです」

これには皆、考え込む。堀田金造の気持ちが読めないのだ。河島が話を進めた。

「堀田金造の話は調書にできたか?」

本山は舌打ちをしながら応える。

「いや、調書を作って、何度も署名を求めたのですが、応じませんでした」

　これには原田も苦笑いしている。

「そんなものだと思っていました。金造は、話をした動機が不純ですね。多分、堀田泰や最上に対する嫌がらせでしょう」

　本山も、原田の言葉に続く。

「いや、僕も金造の話を聞いていて、それを思いました。金造は、警察が調べに来るぞ、ということを泰や最上に対する脅しに使いたいだけじゃないでしょうか？」

　亀沢が、頷きながら話に加わってきた。

「二課事件の情報を持ってくる者の動機は、大体そんなものだ。純粋なものは殆どない。誰かを蹴落とそうとか、陥れようとか、そんなものばかりだ」

　鶴山も言葉を重ねた。

「情報提供者の意図は関係ない。問題はその情報が真実かどうかだけだ。芝木の話を聞けば、堀田金造から４人の町議に金10万円ずつ渡ったということは事実に相違ない。これは着手するべきでしょう」

　皆、これに反対する者はいない。

「よし。これから参事官、部長に話を上げて相談することにする。暫くこのことは内密にしていてくれ」

「わかりました」

一同声を合わせて当日の協議を終えた。

着手

河島は早速その日の夕方に、本山達の報告結果を上層部に伝え、今後の方針を検討する。刑事部長、刑事部参事官に捜査二課長、両特捜班長による協議が夜遅くまで続けられた。その上で方針が決定する。

この事件は、議長選挙という町会議員の職務に関して、金造への投票を依頼するという、法律用語でいう「請託」をなし、その謝礼として金10万円という利益を贈るものである。つまり刑法上の贈収賄罪に該当する。

しかし、残念ながらその行為があってから3年を過ぎており、贈賄側は公訴時効期間が満了している。そのため贈賄側を刑事処罰することはできないが、収賄側は刑事処罰できる。

また事件が報道されれば、処罰を逃れた議長にも、また、その背後にいる町長や建設会社社長にも、社会的制裁が加えられることになる。刑事事件として立件する意義は十分にあり、逆にこれを見過ごすことの方が、警察活動に対する社会の信頼を大きく損なうことになる、との結論となった。

ただ、当選祝いという言い訳もあり、事件の鍵を握る堀田金造の今後の言動は予断を許さない。また、福山も政治絡みの建設業者であり、徳本工業や西、その関連の相川県議達の考え次第では、今後供述を翻さないとも限らない。

そういう怪しげな事件であるので、この段階で捜査本部を立ち上げて大々的に調べに入るより、マスコミなどが気付かないように、捜査二課次席の指揮で水面下での調べを進めることとなった。

河島は、体制として県警本部特捜班二班４係の班長以下12名と、南郷署刑事課二係長以下知能犯担当３名、合計15名からなる捜査体制を敷いた。河島次席と加籐課長も捜査に加わる。

捜査の対象は、取り敢えず深森町議４名と金造に絞り、堀田泰や最上は外しておく。捜査員10人が２人ずつ、金造を含む５人の議員に事情聴取をすることにし、他の者は資料収集や関係者の聴取を進めることにする。

聴取対象の関係者は、この段階では各議員の妻や家族、会社の従業員等に限り、深森町役場や最上が属する政治団体などには当面触れないことにした。情報がマスコミなどに漏れるのを避けるためである。

また同じ目的で、事情聴取を行う場所は県職員、警察職員共済の保養施設や、職員研修所等が原則として使われた。

芝木聴取

原田と吉田は芝木等の担当を任された。本山が取った調書だけでは、申し訳ないが不十分だと思う。

改めて事情聴取の日取りと場所を連絡すると、芝木が「自宅に来てほしい」と言う。芝木の家が村外れの一軒家であることを本山から聞いていたので、原田は、かえって好都合と思って了解した。

原田が芝木方を訪問したのは、5月の連休に入ったばかりの頃である。南郷市から曲がりくねった道を東外輪山に上り、森の中を芝木の住む野末地区に車を走らせる。

この辺りは、草地が途絶えて山林となる地形である。草地の間には、まばらに楢、櫟等の落葉樹が生えているが、草地が途絶えると突然一面の杉、檜となる。緑ではあるが、殺風景に思えてしまう。

畑もぽつぽつ見えるが、人家には中々行き当たらず、あっても数は少なかった。その多くは人が住んでいないように見える。

やがて、杉林の中に多少の田と畑が見える川筋の平地が出てきて、そこを川に沿って上った先に、大きな茅葺き屋根の家が現れた。本山に聞いていたとおりの佇まいである。

家の前に広い空き地があり、駐車場にも使える。母屋の先には、瓦葺きの大きな納屋があり、そこに1匹の柴犬風の日本犬が繋がれていて、車から下りた原田たちに盛んに吠えかけてきた。

原田が昔飼っていた柴犬のジョンとそっくりである。思わず原田が近づいて座り込み、右手を出して声をかける。

「よし、よし、名前はなんね」

その犬は行儀よく座って、前足を踏み踏みしながら尻尾を振り始める。人懐こい犬のようだ。

「これじゃ番犬にならんね……」

吉田に笑いかけていると、玄関から一人の女性が出てきた。50歳前後に見える背の高い上品な女性だ。ジーンズに白のブラウスで、特に装飾品も身に付けていないが、立ち姿も良く、山の中にしては垢抜けて見える。

立ち上がった原田が、「こんにちは、警察の原田です」と挨拶すると、「はあ……」と怪訝そうな顔が返ってきた。

原田は笑顔をみせて穏やかに話しかける。

「実は、一昨日ご主人にお電話して、今日午後1時にお伺いすると、お約束していたのですが……」

その女性は芝木の妻と名乗った。夫がその先の畑にいるので呼んでくると言って、二人をその場に残して家の裏に小走りで廻る。

やがて、70歳ほどに見える小柄のやせ型の男と一緒に帰ってきた。

「すみません、そうだったですね、今日でしたか」

そう言って男は、大急ぎで納屋脇の水場に向かい、手や顔を洗っている。その間に女性が、「すみません、どうぞお入りください」と先に立って、客間に案内してくれた。

そこは10畳ほどの和室であるが、畳の上に絨毯が敷いてある。その上に応接4点セットが置いてあり、その長椅子を二人に勧めた。

この家は、かなりの高台である。客間に続く縁側の外には、一面の青い空が広がっており、その下方に見える地面は、一部に田畑も見えるが、その殆どは杉、檜の山である。

また、この家は平屋だが、屋根裏部屋もあるようだ。60~70坪近い建坪がありそうだと原田は思った。

やがて芝木が部屋に入ってきて椅子に座り、原田、吉田と対峙する。

「いや、立派なお家ですね」

挨拶前に原田が声をかけると、芝木は、

「はい、先祖代々の家ですからね」

と誇らしい様子を見せた。

原田が自己紹介する。

「僕はこの前お電話した警察本部の原田です。こっちは吉田です」

「芝木です。今日はご苦労様です」

と挨拶が返ってきた。原田は、人懐こい笑顔をみせながら話しかける。

「この前、南郷駅前のスナック『瞳』でお会いしましたね」

芝木は、「そうでしたか……」と、よく呑み込めない様子だ。

原田は、思わず顔を傾げた。「まあ、ホンのすれ違いだから仕方がないか……」と思って、話をそのままに今日の事情聴取に入る。

原田から聴いていく。

「いや、芝木さんの話は本山係長から聞きました。今日は、その補充で少しお話を聴かせてください」

「はい、どうぞ」

芝木は落ち着いている。

「あなたは深森町の町会議員をされていますよね」

「はい」

「今、何期目ですか」

これに、芝木は少し考える風をしたが、

「2期目です」

と答える。

「議員になられる前のお仕事は、何をされていましたか？」

「南郷市の職員でした」

「そうですか。南郷市役所の方が、深森町役場より遠いですが、深森町に勤務しようとは思わなかったのですか」

「まあ、規模が違いますからね。一応、大学も出て、本当は県庁に勤めたかったんですが、試験に落ちたので南郷市にしたんです」

そこへ、奥さんという女性がお茶を持ってくる。テーブルの上に3杯のお茶を置き、「どうぞ」と言葉少なに部屋から出ていった。

原田は、本題に入る。

「これから聴くことには、答えたくなければ答えなくてもいいですからね」

そう言われて、芝木は怪訝そうな顔をした。

「あなたは3年半前の深森町議会議員選挙が終わって、臨時議会で議長選挙がある頃に、堀田金造から10万円を受け取ったということですが、そのとおりですか」

芝木は、何度か小さく頷いてから答える。

「そのとおりかと言われても、金を受け取ったのはそうですが、10万円だったかよく覚えていないんです」

「その金は、どういう理由で受け取ったのですか？」

「まあ、当選したお祝いというか、陣中見舞いというか、そんなものではないですか……」

「この件で最初に警察に事情を聴かれたのは、いつですか」

「この前、本山さんとなにかの会合でお会いして、お話ししました」

原田は、少し首を捻った。

「それは、ひと月かふた月前、南郷市であった警察友の会の懇親会のことですか」

芝木は、「そうです」と言う。

「今から2～3日前、南郷署でも本山さんと会っていませんか？」

原田が続けると、今度は芝木が天井を見上げた。

「ええ……そうでしたか。よく覚えていないんですがね」

「本山係長は、そう言っていますが」

「はあ、それなら、そんな気もしますね……」

そのとき、芝木が署名した供述調書もあるのだが、それには触れず、原田は少し話を変えてみる。

「深森町の議会は、いくつかの派閥に分かれていませんか」

「はい、現町長派、前町長派、どちらにも属さない中間派ですかね」

「芝木さんは、どの派閥になりますか」

「派閥は好きじゃないので、どちらにも属していません。中間派ですね」

「この前の議長選挙には、何人立候補しましたか」

ここで芝木は、また考える風をする。

「堀田金造氏と2人です。もう一人は誰でしたかね……」

原田が話の水を向けた。

「中川議員ではないですか？」

「そうです、そうです」

と、芝木も思い出したようだ。

原田は聴いていく。

「貴方は、どちらに投票しましたか？」

「僕は堀田氏に投票しました」

「その理由はなんですか」

「まあ、町長派5人、前町長派4人で、多い方の町長派から議長になるのが当然と思いましたからね」

「堀田金造氏に、当選祝いですか、10万円貰ったことが理由ではないのですか？」

さりげないが、今日の事情聴取の中心部分である。原田と吉田が注視する中、芝木はあっさりと答えた。

「まあ、それもありますね。せっかくお祝いくれたのに、不義理はできませんもん」

思わず原田の口調が強くなる。

「堀田金造に当選祝いを貰ったのは、初めてですか？」

「はい、初めてです」

「そのほか、他の議員から当選祝いを貰ったことはありますか」

「議員からはないですね。貰ったら、お返しせんといかんでしょう」

「議員以外の人からはどうですか」

芝木はまた考え込んだが、やがて淡々と応える。

「まあ、何人からかはありますね」

「その何人かが誰かは、覚えていますか？」

これに芝木は少し時間を置いてゆっくりと手の指を折った。

「1回目の選挙のときに、堀田剛さんでしょ。あと相川県議の秘書の人、徳本工業社長の奥さん、2回目のときは、堀田泰さんと、あとは同じ面々ですかね。あ、それから娘夫婦、息子夫婦からも来ましたね」

原田は質問を畳みかけていく。

「その金額はいくらですか」

「だいたい1万円ですね。多くて2万円です」

「3万円とか、5万円とか、10万円の当選祝いを貰ったことはないのですか？」

これには芝木は断言した。

「はい、そんな金額はありません」

原田が吉田に、

「他に訊くことないか」

と水を向けると、吉田が控えめに口を開く。

「貰ったお金は、なにかに使いましたか」

「いや、別に買うものもないので、貯金したと思います」

「銀行口座はどこに持っていますか」

「郵便局と、肥の国銀行と、隈本銀行にあります」

そこまでのやり取りで、吉田は原田を見て、質問を終えた。

原田は今までのやり取りを調書にすることとする。芝木の了解をとって面前で書面書きをしていると、突然芝木が、

「多美子、多美子」

と大きな声で呼ぶ。

奥さんが小走りに出てきた。

「なんですか」と尋ねると、「お前、お茶くらい出さんか」と言う。

「お茶なら、さっき出しましたが……」

奥さんが少し強い口調で応えると、芝木は目の前の茶碗に目をやった。そしてバツが悪そうに言った。

「いや、もう一杯出せ、ということだ……」

それを聞いた奥さんは用意のため部屋を出ていった。小さな溜息をついたのが聞こえる。

原田は手を休めて、暫くそのやり取りをじっと見ていたが、また調書作成に戻る。やがて完成した調書を芝木に読み聞かせ、間違いないとの確認をとって、署名と指印をもらう。被疑者供述調書の形である。

黒石・石井・戸部聴取

芝木の取調べと併せて、他の３人の町議に対する調べも開始される。場所は、いずれも別である。各自に捜査官２名が担当して調べに当たる。

黒石功は町議４期目で年齢61歳、過去に副議長をしたことがある。深森町馬原所在の建設業、黒石建設有限会社社長の夫である。一応、顧問という肩書を貰っているようだが、取締役などの役員には就任していない。会社の出資持分も妻や子に譲渡済みである。

黒石建設は、年商1億～2億円ほどで主に深森町発注の公共工事と堀田建設の下請けをしており、当然最上派に属していた。

石井清は65歳、町議5期目で議長の経験もある。特別養護老人ホームを経営する社会福祉法人の理事長で、死んだ父親は開業医をしていた。大学は私立医科大学を卒業したが医師国家試験に合格せず、ながらく父の医院の事務長をしていた。40歳の頃に、父が設立した社会福祉法人の理事長になり、暫くして町議を掛け持つことになった。派閥にはどちらにも所属しておらず、是々非々の立場を公言している。

戸部建夫は元深森町総務課長で63歳、議員1期目である。派閥は最上派に属している。もともと助役（現在の副町長である）の有力候補だったが、戸部退職当時の助役が辞任による交代を拒んだため、機会を失ったという噂だ。

調べに対し、三人は一致して事実を否認した。金を受け取ったことはないと言う。担当捜査官は手を替え品を替え、供述を引き出そうとするが、ガンとして口を割らない。

「堀田金造がそう言っているぞ」と迫っても、「堀田金造はろくでもない男だ。ああいう男の言葉を信用するのか」と切り返す。

また、「議長選では誰に投票したのか」との質問にも、黒石と戸部は、「それは、最上派の堀田と反対派の中川の選挙ですから、堀田に投票する他ないじゃないですか」と答える。

また、石井は、「是々非々の立場からして、人数が多い最上派に議長をさせるほかない。国会だってそうでしょう」と言っている。

その供述態度や迷いのない回答内容からして、事情聴取を予測して、あらかじめ弁護士など法律専門家の指導を受けていると思われた。

堀田金造の取調べは引き続き本山係長と寺井部長刑事が担当する。堀田金造は、取調べには素直に応じた。場所は、金造が「こっちに来れば、調べに応じる」と言うので金造の隠れ家、別宅となった。

本山達は3日の間通ったが、相変わらずのらりくらりした話である。福山建設社長に話をしたことは認めるが、その動機については答えない。

「酔っぱらっての話じゃないかな……」と言うだけだ。

また、4人に対する買収資金の出所についても、

「堀田建設からは顧問料の他に、工事を紹介すれば紹介料が入る。それから払った」

とのことだ。

寺井が追及する。

「紹介料は、いつ、どの工事を紹介して、いくら貰ったのですか?」

金造はニヤリと笑いながら、

「忘れた。堀田建設に行けばわかる」と答えをはぐらかす。

しかし、4人に10万円払った日時と場所を聴けば、はっきりと答える。思わず本山の言葉に棘が出る。

「どうして、そんなにはっきりと覚えてるんですか?」

これに金造は、

「パソコンで日記をつけている」

と言ってきた。

「その日記を見せてください」

「他にいろいろ書いているので、日記自体は見せたくない」

金造は本山の要求をやんわりと拒むと、代わりにパソコンから出力して印刷したものを何枚か出してきた。

「そのパソコンを見せてくれませんか」

と本山が求めたが、同じく、

「貴方だって、日記には差し支えあることも書くでしょう。嫌ですよ」

と言って、協力しない。

仕方なく本山はそれまでのやり取りをまとめて調書にし、調書への署名を求めたが、金造は相変わらず調書への署名に応じない。

その理由を聞くと、

「黒石他の３人が認めたら、調書にしてもいいですよ」と言う。また、

「自分から先に認めた形にしたくないんですよ。わかるでしょう」と弁解した。

寺井の口調も次第に強くなる。

「じゃあ、なんで自分の方から福山建設の社長にこの話をしたんですか？」

金造の方は薄ら笑いを浮かべている。

「だから、酔ってたんじゃないかな、と言ったでしょう」

このように堀田金造の調べは、なかなか埒が明かなかった。

行き詰まりと展開

取調べ開始から４日後の週末、捜査員は南郷署会議室に集まって協議をする。県警本部の河島捜査二課次席、鶴山、亀沢両特捜班長も出席している。

それまでの捜査の経緯を各担当者から報告する。原田も、芝木の取調べについての報告をし、その上で補足した。

「芝木の話の概要は今述べたとおりです。結論から言うと、金造から芝木に10万円渡ったことは、双方の供述で合致します。この10万円については、その後、隈本銀行馬原支店の銀行口座に入金が確認できました」

皆から「ほうー」という声が上がる。原田は、眉に皺を寄せながら続ける。

「当選祝いという弁解ですが、芝木は一方で過去に貰った当選祝いの金額は1万円～2万円だと言っています。また、堀田金造から当選祝いを貰ったのはそれだけで、他にはないこと、他の議員とも当選祝いを交わしたことはないことをはっきりと供述しました。芝木に関しては、当選祝いという弁解は通じないでしょう」

これには皆、頷いている。河島が続けた。

「と、いうことだ。金の流れさえ認めさせれば、話は進んでいくものだよ」

亀沢班長も言葉を重ねる。

「他の被疑者についていえば、一つは堀田金造の供述を裏付ける資料としてどのようなものがあるかですね。もう一つは、芝木のような預金の流れが、黒石、石井、戸部本人や家族の銀行口座から確認できないかだな」

そこへ、堀田金造の調べを担当する本山が言葉を挟んだ。

「実は堀田金造は日記をつけている、と言うんです。それも、パソコンに……」

そう言いながら、金造から提出を受けた出力書面のコピーを配布した。当時はまだパソコンも普及がいまいちの時代で、これで日記をつけるというのは珍しい。特に70歳を越えた年寄りには、稀と思われる。

捜査員の一人から声が上がった。

「それ、押さえられませんかね」

「できますかね……」

本山が答えると、河島が続けた。

「うん、それも考えられるが、押さえるには金造を逮捕するか、別に捜索差押え令状を取る必要がある。まだ早いんじゃないか……」

これには皆、反対できなかった。

「来週からどう動きましょう。身柄を取ってとことんやりますか」

鶴山班長が皆の顔を見渡して問いかけてきた。亀沢班長は首を捻っている。

「金造がもっとしっかりしていればその方法もありますね。しかし、金造はいまいちだからな……」

これに本山も続ける。

「そうなんですよ。金造は信用できません。堀田泰や最上に対する恨みがあって、ちょっかい出しているとも考えられます」

するとと寺井が口を挟んだ。

「堀田泰や最上に話を聴くことはできませんかね。金造の本心もわかるんではないですか」

一同、暫く考え込んだ。やがて、河島が頭を傾けながら言う。

「堀田泰や最上に話を聴くのは、危ない。金造や関係者に働きかけて、弁護士も介入して、事件が潰されてしまう」

これに亀沢班長が賛同する。

「もともとこの事件は金造が情報を漏らした動機が不明だ。顧問料30万円を打ち切られていることからすれば、堀田泰に対する面当てとも考えられる。もちろん面当てが動機でも、その情報が真実であることが立証できれば、問題ない。事件にできる。しかし、どうも金造のこれからの言動に不安がある。仮に、面当てに驚いた堀田泰が顧問料の支払いを復活すれば、金造はこの情報を否定する可能性がある。芝木の供述だけでこの事件が組み立てられるか、疑問があるね」

これには皆、反論できない。全くそのとおりなのだ。しかし、暫くして鶴山班長が異論を述べた。

「次席や亀沢班長のご意見は尤もです。しかし、原田がまとめた調書を見れば、芝木と金造の線は議長選任議決に関する収賄として固まっています。仮に芝木だけ起訴すれば、十分有罪にできるでしょう。身柄を取ってガンガン行けば、他の三人もなんとかなるんじゃないですか」

これには河島が反論する。

「それもそうだが、身柄を取るとマスコミに発表しなければならない。後ろに引けないことになってしまう」

原田が話に割って入る。

「一つ気になることがあります。芝木は、俺がその日、自宅に来ることを忘れてました。その2～3日前に、本山係長と南郷署で会って取調べを受けたことも忘れていました。どうも、認知症の気があるようです」

吉田も感じていたことだが、そのほかの者には初耳だ。「へえー……」という溜息のような声が上がる。

「そうか、そうなら尚更だ。身柄を取るのは暫くおいて、任意でガンガンやろう」

そう河島が言うと、亀沢が手を上げた。

「一つ提案があります。今週は芝木、石井をうちの班で、戸部と黒石を鶴山さんの班で、堀田金造を南郷署で調べてきましたが、来週は担当を少し変えてみませんか」

このような捜査員の交代は、捜査が行き詰まったときはよく行われる。河島も鶴山も即諾して、次週から戸部、芝木を亀沢班で、石井を南郷署で調べることとし、黒石に加えて堀田金造を鶴山班で調べることとした。

亀沢班内の割り振りでは、戸部を原田、吉田が担当することになり、捜査員の負担の公平上、芝木については亀沢班青木係での調べとなった。

そこまでのところで、河島がその日の話を取りまとめる。

「明日と明後日の土日は皆、ゆっくりしてくれ。また来週から1週間、取り敢えず頑張ろう。そのあとのことは、また考えることにする」

会議を終えたのは午後5時を過ぎていた。


その日、朝から南郷署に来るときには、吉田の運転する車に、原田も亀沢班長も便乗していた。帰りも同じ車で帰ることになる。

署を出て駐車場へ行く途中、亀沢班長がふと立ち止まった。

「晩飯食って帰らんかね」

と言う。

亀沢は50歳代前半で、警部になって7年目、特捜班長3年目だが、警部初任のとき南郷署の生活安全課長をしていた。久し振りに「田楽」を食べてみたいとのことだ。

原田達に異存はない。すると亀沢は続ける。

「本山と寺井も呼んでいいか?」

亀沢と二人は、何度か一緒に勤務したことがあるらしい。特に本山は亀沢班の元班員で、原田の来る1年前に南郷署に異動していた。

もちろん原田や吉田に異存はない。原田も二人とは親しい仲で、本山とは、原田が平成10年春に鹿野署に異動するまでの2年間、捜査二課で一緒に勤務した。寺井とは、原田が捜査二課特捜班に巡査部長として異動する前の隈本西署時代に、同じく刑事二課に同勤している。

５人は、少し窮屈だが吉田の運転する車に乗って、署から5分ほどの距離にある田楽料理屋「峠」に向かう。田楽とは、この地方の田舎料理で、囲炉裏の炭の周りに、串に刺した里芋、豆腐、蒟蒻、つみれ等とヤマメか岩魚を立てかけてじっくり焼き上げるものである。

その日に向かった料理屋「峠」は南郷署の馴染みの田楽料理屋で、亀沢が南郷署勤務中にはよく行っていた。転勤してからも折りを見て立ち寄っている。

こんもりと繁る緑の照葉樹や落葉樹の中、石畳を辿れば、藁屋根の古い民家風建物がある。広い土間があり、式台を上がると、30坪から40坪ほどの板間の大広間があり、そこに４人～６人が座れる囲炉裏が7基ほど切ってある。

亀沢が土間に立って「こんにちは」と声を上げると、「はーい」と、主人らしいまだ若い男が出てきた。驚いたような笑顔で言う。

「電話していただくと用意していたのですが……」

亀沢は、「お父さんの具合はどうかね」と聞いている。男はこの店の跡取りで、先代は体調が悪いそうだ。

「有り難うございます。最近はだいぶいいのですが、まだ店には出られません」

若主人はそう言いながら、亀沢たちを大広間と反対側に案内する。そこには10坪ほどの小部屋があり、6〜8人が座れるくらいの大きな囲炉裏が一つ切ってあった。

部屋の外には濡れ縁があり、その先の庭には何本か幹の大きな木が生えているだけだ。建物は見えない。その枝に繁る緑は、空まで一面に繁っていて、時折吹く風に揺れていた。

5人は思い思いに席に着く。本山と寺井が2人並んで座るほかは、各辺に1人ずつだ。そこへ若主人が真っ赤に燃えた炭を運んできて囲炉裏の灰に置く。さらに黒い炭を持ってきて赤く燃える炭の上に重ねる。また三本足の鉄製の五徳を炭の上に差し、田楽を焼く手筈が整う。

手伝いの女性が瓶ビールを数本持ってきたので、各自栓を開け、コップに注いで乾杯した。吉田だけは、形だけ口をつける。

暫くは他愛のない世間話となる。最近着任した県警本部長の評判だとか、来年の捜査二課次席の候補者の名前とか、警察の中の噂話だ。

その間にまた若主人が入ってきて、田楽を各自の前に一人前ずつ並べていく。左から、里芋と椎茸の串、固豆腐とピーマンの串、蒟蒻とネギの串、つみれに大根、最後がヤマメだ。ヤマメは、まだぴくぴくと身体を震わせている。

若主人が聞いてきた。

「肉はどうしましょう」

「そうだな、適当に持ってきて」

亀沢が応えると、若主人は五徳の上に金網を渡し、大皿に盛った牛肉と鶏肉を持ってきた。それだけで5人分はある。

田楽に火が通るには時間がかかる。まず肉の方を焼きながらビールのあてにした。部屋の隅には小さな座卓があり、その上にこの辺りの日本酒、神山と薩摩焼酎の一升瓶が並んでいる。

若主人が田楽がむらなく焼けるように向きを変えにきたところで、亀沢が声を掛けた。

「暫く仕事の話があるので、部屋に入らんどって……」

若主人が礼をして部屋を出てドアを閉めたのを確認して亀沢が口を開く。

「あまり酒が回らんうちの方がいいから、ここら辺で話しておく。聞いてくれんかね」

皆はビールのコップを置いて、居住まいを正した。

「実は5～6年前にもなるが、俺が警部初任の頃、ここの生活安全課長をしていたことは知ってるよな」

これは皆、聞いたことがある。

「そのとき、管内の深森町の環境衛生課長をしていたのが戸部議員なんだ」

戸部は現在捜査対象になっている4人の議員のうちの一人だ。亀沢の話の概要は次のようなものだった。

警察署の生活安全課と町役場の環境衛生課とは、廃棄物の処理に関する法律問題、町民の騒音や悪臭についての苦情問題など、仕事で関連することが多い。特にその頃深森町では、新聞にも取り上げられた大量の不法投棄廃棄物が発見されていた。

また、折も折、深森町の水源地近くの谷間に、産業廃棄物処理場の進出が計画された。一気に住民の反対運動が盛り上がり、その担当課が南郷署生活安全課と深森町環境衛生課だったため、亀沢と戸部が半年から1年ほどの間、協力しながら、苦労して対応した。

その結果二人には、お互いの信頼関係ができている。亀沢が2年の勤務を終えて転勤してからも、年末年始の挨拶や祝い事での贈答を欠かさない。戸部が3年半前、退職して議員になったときにも亀沢はお祝いを贈っていた。

そういう関係があるので、今回の事件でも河島と鶴山にその話をして、これまで亀沢班は戸部の調べには入らないようにしていた。当然戸部と会うこともないし連絡も控えてきたが、実は昨夜電話で、戸部の嫁を介して連絡があった。どうしても話したいことがある、ということだ。

亀沢は「話だけ」聞いてみることにした。もちろん、警察の捜査状況を聞かれても答えるつもりはない。

挨拶のあと早速話に入る。

「話したいというのは、どんなことですか」

「実は、今回の事件のことではありません。他の事件のことです」

と、戸部が言う。

「他の事件とはなんですか？」

そう亀沢が訊くと、堀田金造ほか、深森町議員にかかわる同じような贈収賄事件だという。

「それはなにか」とさらに尋ねると、去年6月議会での深森町助役選任同意に関して、同じような贈収賄事件があったということだ。

これには皆、驚く。早速質問が噴出した。

「贈賄側は誰で、収賄側は誰なんですか」

「戸部が言うには、贈賄側が小崎忠士現助役、その裏にいるのが堀田泰、最上透、またそれを段取りしたのが堀田金造、という図式らしい。戸部はそのとき金を突き返したが、他の最上派の議員4人と中間派の議員2人は皆、貰っていると言ってる」

原田が、ぼそり、と言った。

「これならば、贈も、収も、時効にかかりませんね」

すると本山も興奮したような声を上げる。

「これは最上町長まで行けますよ。一網打尽ではないですか」

皆の気持ちが一気に高まる。これまで1週間、じくじくとした捜査の運びに、気も折れそうなところだったのだ。

そこで原田が少し疑念を挟んだ。

「でも、戸部は貰ってないと言うのでしょう……」

これには、亀沢も少し口籠もる。

「まあ、そうだな」

「戸部も動機が不純ではないですか。堀田金造と同じですね」

これに亀沢は反論できない。すると本山が言った。

「でも、仰ったじゃないですか。動機が不純であるかどうかは関係ない。事実かどうかではないですか」

これに吉田も寺井も「そうですよ」と声を合わせる。原田も、実はその言葉を待っていたのだ。

原田は、コップのビールをグッと飲み干し、囲炉裏の縁に置く。

「で、亀沢さん。これからどうするつもりですか?」

亀沢は、居住まいを正した。

「うん、今までの話は電話での話だ。きちんと聴いて調書にする必要がある。また、調べの中で、戸部が自主的に話し出した形にする必要がある」

　これには皆頷く。亀沢が続ける。

「そういう趣旨で、今日会議での発言もした。原田君、吉田君よろしく頼むよ」

「わかりました。来週から吉田と頑張ります。でも、この話は鶴山班長と河島次席にはされたんですか？」

「いや、してない。電話で戸部と話したことはできれば今後も内密にしたい。ここだけの話にしてくれ」

「了解です」

　やっと田楽も焼き上がった。酒はビールから日本酒となって、さらに場は盛り上がる。あとは仕事の話はやめて、みな飲み且つ食った。明日と明後日は久し振りの休みである。原田は帰りの運転手も確保しているので、気がかりなどなにもない。

　牛や鶏の焼肉を食べ、田楽を食べ終えても高菜の漬物や汁物、ご飯が出る。しかし食べ始めが5時半なので、まだ8時にもならない。明日は休みなのだ。

　本山が赤い顔で皆を見回して言う。

「どこか二次会行って、歌でも歌いませんか」

　他の者はお互いの顔を見る。皆、このまま帰りたくはなさそうだ。原田は、酒を飲みに行くより本当は温泉にでも入りたいが、ここは皆に合わせるしかない。また、これから温泉に入って、事故でもあってはならない。

「最近はいい店があるのかね」

亀沢の言葉に、本山が応える。

「駅前通りに、『瞳』という店があります。ママが美人です」

原田は内心、「ああ、あの店か。本山も好きだな」と思い苦笑するが、皆、反対する者はいない。また吉田が運転する車で南郷駅前まで行き、駅前駐車場に車を入れて「瞳」へ向かう。

本山が先頭に立って入口のドアを勢いよく開ければ、客は一人いるだけだった。

「また来ました」と本山が声をかけながら入っていく。

「いらっしゃいませ」とカウンターの中のママが返す。

今日は長い髪を後ろに束ねて、ジーンズに胸のあいた綿シャツというラフな姿だが、相変わらず綺麗な女性だと原田は思う。

店に入ると、客が一番奥の椅子に移動して席を空ける。と、本山が、

「あれー、課長」

とビックリした声を出す。その場にいたのは、南郷署刑事課長の加藤である。

加藤は少し照れ笑いをしながら言う。

「官舎で一人、晩御飯食べたら、一杯飲みたくなったので来ました」

亀沢が感嘆したような声を出す。

「いや、これは美人のママさんだ。来たくなる筈だな」

また続けてママに聞いた。

「僕が南郷署にいた5年前頃には、この店は名前が違ったろう……」

ママの答えでは、約2年前まで母が同じ場所で「純子」という名前のスナックをしていたとのことだ。

亀沢も思い出したようだ。

「そうそう、『純子』なら2～3度来たことがある。お母さん、その後お元気？」

ママは、俯いて小さく応える。

「それが、1年ほど前に亡くなりました」

思わぬ言葉に亀沢は気の毒そうに言葉を詰まらせた。

「……それは……まだ若かったのにね」

「はい……ちょっと急で……」

瞳ママは涙ぐんでいる。しばし、場が静まってしまった。

やがてママが顔を上げて笑顔を作り、

「すみません、皆さんお飲みください」

と酒を勧める。

「いただきまーす」

と寺井が答え、賑やかな宴会に戻った。

原田が隣の席に座り、加藤の耳元に口を寄せる。

「課長は明日から二連休ではないんですか。隈本に帰らなくてよかったんですか……」

加藤が言うには、明日の土曜日に夜間の警察業務を束ねる当直長の順番が来るので、帰れないそうだ。

原田が見たところでは、加藤は何となく居心地が悪そうにしている。単身赴任の警察官は、赴任先で女性関係の問題を起こす者が散見される。原田はふと心配になったが、言葉に出すのは差し控えた。

皆で元気に歌って、飲んで、約2時間で店を出る。加藤はその30分前に帰っていた。

助役選任事件着手

翌週月曜日から捜査が再開される。黒石、石井、堀田金造についてはこれまでと同じく、議長選任にかかる贈収賄事件についての調べとなる。南郷署刑事課と県警本部特捜鶴山班が担当する。

これに対し、芝木、戸部については、亀沢班の担当となる。亀沢班では、戸部の情報による助役選任同意決議についての贈収賄疑惑に焦点が移っていた。

戸部の調べは、原田、吉田の担当となる。芝木の取調べは、もう一人の亀沢班係長の青木警部補と野田巡査部長が担当する。

青木は、まだ30歳代後半の気鋭の知能犯刑事である。野田は50歳近い温厚な男で、知能犯係と暴力団係を行ったり来たりの二課刑事であった。

芝木の取調べは芝木宅を青木たちが訪問し、客間で話を聞く。午後からの調べである。

約１年前、小崎の助役選任同意決議に当たって、小崎から金を貰ったことがあるか尋ねると、芝木は否定した。

「覚えていない」

と言う。そこで、

「その助役選任決議の頃に、誰か金を持ってきた人がいませんか」

と聴いてみると、芝木は暫く考えていたが、

「堀田金造が持ってきた」

と答える。これには、青木と野田が顔を見合わせる。先週末の南郷署での捜査会議で、芝木に認知の気《け》があることを聞いたばかりである。

青木が念を押してみる。

「堀田金造に金を貰ったのは、3年半前の議長選挙の時期ではないですか」

でも芝木は譲らない。

「いえ、そのときも堀田金造が金を持ってきたが、助役選任のときも、金を持ってきたのは堀田金造です」

仕方なく青木は話の向きを変える。

「持ってきた金額は、いくらですか」

これに芝木は「よく覚えていない」との答えだ。青木は続ける。

「その金は、どういう趣旨か訊いてみましたか」

「なんだったですかね。なんかの祝いといっていましたかね、当選祝いではないし……」

と芝木の答えははっきりしない。

そこで、青木は少し誘導してみた。

「小崎の助役選任に同意してくれ、と言われませんでしたか?」

芝木は頭を捻っている。

「はあ、よく覚えていません……」

青木に促されて、取調べ補助者の野田からもいくつか質問した。

「助役選任では、小崎氏の選任に同意したのですか?」

「はい、もちろん同意しました」

「同意した理由はなんですか」

これにには暫く考えていたが、

「まあ、反対する理由がないからですね……」

と答える。

「この前、警察本部の原田係長がここへ来て、いろいろ訊かれたのは覚えていますか」

「はい、二人でこられたですね」

「そのとき、なにを訊かれたか覚えていますか？」

芝木はまた暫く考えていたが、

「貴方と同じことを訊かれましたよ」

と言う。

野田は頭を傾げながら青木を振り返る。青木が引き取って、質問する。

「小崎氏の助役選任時のことを聴かれたんですか？」

「はい」

と芝木は断言した。

青木は頭を振って考えていたが、やがて思い直したように、当日のやり取りを簡単に調書に取って、署名と指印を求めた。前回の原田との問答に関する部分は記載しない。芝木は、調書に素直に署名し指印を押した。

原田と吉田は、南郷市にある隈本県職員研修施設の部屋を借りて戸部を呼び出していた。午前10時からの開始となる。

戸部は南郷市の県立高等学校卒業後、合併前の野末村役場に採用され、昭和の市町村合併を経て成立した深森町の職員となった。なお、深森町は平成の市町村合併には参加していない。

50歳前から各課長を歴任し、一時は助役間違いなしとみられていた。しかし前任の助役が、翌年3月に迫った戸部の職員退職時での任期中途退任を了解しなかったため、戸部は退職時に助役就任できないこととなった。

最上が申し訳なさそうに、

「助役の任期満了時にはきっと選任する。それまで議員をしていてくれ」

と言うので、半年早く退職して、3年半前の秋に行われた深森町議会議員選挙に立候補し、当選した。深森町職員上がりの議員枠が一つあり、前任者が引退したのでここまではスムーズだった。

しかし、前助役が任期満了で退任する段になって、後任を推薦してきた。前助役とは縁戚関係のある小崎だ。最上町長は、前々回選挙のときも前回選挙のときも、前助役の世話になっており、金銭的援助を受けたとの噂もある。戸部との約束を知らぬかのように、小崎を助役に選任することにし、議会に同意を求めた。

その頃までこの町では、助役に就任するときには、年収の1割ほどの金を反町長派以外の議員に配るのが慣例だった。これを7人の議員で割ると、概ね一人10万円程の金額となる。

そこで小崎は慣例に従い、議員一人当たり10万円を贈って助役就任の挨拶とした。

しかし戸部にとっては、この結果は不満極まりない。憤慨していた。一応最上は戸部の自宅を訪れ謝罪したが、小崎を許す気にはなれない。

そこで、小崎が議員控室での挨拶に持参したお金を、突き返した。また、いつか使うこともあるかと思い、小崎とのやり取りを録音した。

「助役選任同意を宜しく」

「これは10万円だね」

「ほんの気持ちです」

「受け取れないから、持って帰ってくれ」との言葉がわかるようにしてある。

原田は、その録音テープの任意提出を受けた。大事な証拠である。その上でさらに問い糺していく。

「助役選任時に議員にお礼をする慣例というのは、皆さん知っていることですか」

「まあ、知っているというか、暗黙の了解ですね」

「選任される助役が自主的にお礼をするものですか」

「自主的にというか、人に言われてというか、半々ですかね」

「といいますと……」

戸部は、暫く説明の仕方を考えていたようだが、ゆっくりと言葉を選びながら答えた。

「僕の場合は、職員時代に助役就任の打診をされた際に町長から『このくらいの金額をお礼せんといかんよ』と言われています。また、当時の議長からも、なにかの機会に『助役になるには、相応のこれが要るのは知ってるね』と親指と人差し指で輪を作りながら念を押されています」

原田は「これはいい表現だ」と思う。そのまま供述調書に記載した。

そのあと、原田は議長選挙時の金のやり取りについて聴いていく。戸部は怪訝な顔をした。

「まだ、そのことを話す必要がありますか？」

原田は細い目を戸部の方に向けて、静かに笑った。

「助役選任のお礼の件と議長選挙のお礼の件は、全く別物です。一方を話したからと言って、他方を話さなくてもいいことにはなりません」

戸部は、「はあ……」と言って下を向く。助役選任の件の情報を提供する代わりに、議長選任決議の報酬を不問にするという、取引をしたかったようだ。しかし、そう簡単に取引はできない。

「戸部さん、ここは日本です。アメリカ映画にあるような取引はできません」

「……そうでしょうね」

そこで原田はゆっくりと、優しく言った。

「貴方が、これまで議長選挙のときに金を貰ったことを否定しているのは承知しています。しかし、それはそれ、証拠があるかどうかだけです。警察や検察庁は、貴方の言い分だけで判断できません」

戸部は応える。

「それはわかります。でも貰っていません」

「はい、そのとおりの供述調書を作ります。しかし、これで終わらないことはわかりますね」

戸部は、助役選任のとき、金を突き返したことだけでも信用してもらえればいいかと思う。議長選挙時のことは、まあ、他の人間次第だ、仕方がない、と観念し、供述調書に署名と指印をした。

その週の終わり、金曜日の朝10時から再度南郷署で捜査会議が開かれる。戸部の調べの結果は、原田が報告する。新たな贈収賄事件の情報に、皆騒然となった。しかし、この件はまだ緒に就いたばかりだ。暫く戸部の供述の裏付けをとり、その後、他の被疑者に当たることとなった。

議長選任議決の贈収賄については特に目新しい情報はない。芝木の調べについて青木係長が説明するが、認知症の疑いが高まり、その供述の信用性が心配になる。堀田金造の供述は特に変わったところはなく、黒石と石井の供述も、今までどおりだ。

午前中一杯の会議ではなかなか方針が定まらない。今後の進行については悩ましいところだ。河島から再度刑事部長に報告して指示を仰ぐことになった。

第２章　殺人事件発生

出動

平成12年5月19日金曜日、隈本県の東端、小分県との県境のある山村で、68歳の夫と56歳の妻が死体で発見された。全部で10世帯、十数人が住む山里で、田植祭りの相談に行った隣人、といっても30メートルくらい離れている家の住人であるが、まず居間に倒れていた夫を発見した。正午少し前の時刻である。

隣人は驚いて消防署に連絡し、小一時間かけて救急車に来てもらった。救急隊員が奥座敷の妻も発見する。

死体は妻の方は頭に打撲があり、夫の方は胸を刃物で一突きにされ、刃物はそのまま胸に突き立てられていた。既に死亡しているのは明らかである。

救急隊員はその旨消防本部に連絡し、やがてやって来た現場を管轄する南郷署の地域警察官に現場を引き継いで帰っていった。地域警察官は直ちに、その状況を本署に連絡する。

署長の山下はその日の午前中、贈収賄事件の捜査会議を開いたばかりだ。殺人事件の一報を聞いて愕然とする。被害者は、深森町会議員の芝木等と、その妻多美子であった。

山下は直ちに職員を緊急招集し、捜査員を現場に派遣した。派遣された警察官は、南郷署の当日招集可能なほぼ全署員である。といっても警察官は所用がある者が多く、現場に行けたのは総勢20人に満たなかった。また、課長の加藤は折悪しく隈本市の県警本部に出張しており、現場への到着は夕刻になる。芝木は、当時南郷署と県警本部捜査二課合同で捜査中の贈収賄事件被疑者である。その調べに当たっていた原田たちも、希望して現場に派遣された。

その中に、南郷署強行犯事件の捜査責任者である刑事課捜査一係長の武井誠警部補がいた。部下の畠中巡査長も同行している。暫くして、同じく緊急招集された県警本部捜査一課長、特捜班員も到着し、総勢50人近い体制となった。

指揮官は現場に派遣された南郷署員をも含めて捜査一課長が務め、武井や原田も指揮に従う形となる。

到着した武井はまず、現場保存のためテープを張って立ち入り禁止とし、捜査一課長の到着を待たず、電話指示のもと遺骸が置かれた状況の検分を開始する。夫婦のうち、夫は胸に刺身庖丁が突き立っており、これが致命傷と考えられた。妻の方には、左側頭部に鈍器で殴られたような傷があり、頭蓋骨の挫滅が認められる。しかし現場には、頭蓋骨折の原因となった鈍器類は存在していない。

そこまで確認した武井は、車中の加藤刑事課長に携帯電話で報告する。報告を受けた加藤は、署長の山下に電話で報告し、指示を仰ぎながら現場へと急ぐ。

山下は現場指揮官の捜査一課長水谷警視と電話で協議して、被害者が一人であること、凶器が一部発見されていないことを重視し、翌日から警察機動隊の応援を得て、広範囲の捜索活動を行うこととした。

そこで、当日現場に臨場している南郷署員には、現場での宿泊を命ずる。宿泊の手配、寝具や食料品の準備は、南郷署総務課長が課員を指揮して行う。

また山下署長は、被害者の遺骸を当日中に南郷署の遺体安置所に運ぶこと、そこで警察医に来てもらって検視を行い、その後隈本大学法医学教室で司法解剖をする手筈を整える。但し、これからの連絡だから、早くても解剖に取りかかれるのは翌朝からになる。

併せて、被害者遺族と連絡を取り、面会は南郷署で行ってもらうこと、遺体の引渡しは司法解剖後になることを説明するよう指示する。

遺体が搬出されたあとも、残った署員は現場の細部に至るまで詳細な観察、検分を行い、塵一つも見逃すまいと現場の保存に努める。現場に残された茶器類等の飲食の跡は、特に慎重を期する。指紋、唾液等の採取が考えられるからだ。

署員の一部は、第一発見者である隣人を始め、その地域に居住する全ての人間の事情聴取に取りかかる。さらに被害者遺族について近隣の聞き取りを行い、隈本市および近郊に長男と長女が住んでいることが判明し、その氏名・職場を捜査一課長ら上司に伝える。

現場の動きと並行して隈本県警本部でも動きがある。隈本県警本部長は山下南郷署長の求めに応じて、吉井刑事部長を本部長とする芝木夫婦殺人事件捜査本部を直ちに立ち上げ、捜査本部を南郷署に置く。副本部長に南郷署長山下、事務局責任者に南郷署刑事課長加藤が就任した。捜査本部長の刑事部長は、当日から南郷署に入り、数日間泊まり込みで捜査を指揮した。

殺人事件は警察本部では本来捜査一課の仕事である。しかし、被害者が、南郷署刑事課と警察本部捜査二課で合同捜査中の贈収賄事件被疑者であったため、贈収賄事件を担当していた捜査二課の河島次席、鶴山、亀沢両班長他の捜査員と、南郷署刑事二係も捜査本部に参加することとなった。

殺人事件は、特に初動捜査が重要である。現場近隣の聞き込み、検索等は多人数を投入してできるだけ早期に進める必要がある。また、現場周辺の遺留品捜索などは、県警機動隊の協力も得る必要がある。しかし機動隊はその日からの活動は無理で、翌日からの業務開始となった。

現場では、その日夜から捜査員が宿泊することになる。その中にはどうしても泊まれない者があり、当日宿泊するのは30人ほどとなった。

その日夕方までには総務課の手配で、その村にある、廃校になった元中座小学校体育館を臨時の宿泊場にすることに決まった。その廃校は、中座集落の外れにあり、谷川を下ったところの少し開けた平地にあった。上座、中座、下座集落の子供達が通っていたものである。開校は古く明治時代であるが、10年ほど前に野末地区中心部にある野末小学校に統合されていた。

川の両側には、ある程度の平地が開けているが、その先の山並みは急峻で高く、日が暮れるのも早い。寝具や緊急用の食料が明るいうちに運び込まれた。その手配も、検索や事情聴取等の調べと並行して行われていく。

当日夜までの捜査で判明したことは、おおよそ次のようなものである。

被害者夫婦は、芝木といい、夫は定年まで南郷市役所に勤めていた公務員である。退職時には総務課の係長をしていた。公務員の傍ら1町歩くらいの田畑を耕作し、また山林は１００町歩ほどを保有していた。昔からの山地主であり、中座神社の神主も務めている。

退職後、すぐに深森町会議員になり、２期目である。現在、贈収賄事件で捜査中であるが、そのことは一般の捜査員には伏せられていた。贈収賄事件関係者への情報の漏洩を防ぐためである。

芝木は妻とは見合い結婚である。妻は最近まで深森町役場に勤めており、３年前の３月末に早期退職した。その後は、家事と農業の手伝いをしていた。

子供は2人いるが、長男は隈本市で運送会社に勤めており、長女は隈本市で病院勤務の薬剤師をしている。どちらも結婚し、長男には子もあるようだ。

芝木家は、古い茅葺きの築100年以上は経っている大きな家である。梁も大きく、天井は煤で黒光りしている。仏壇も立派でその隣に古い大きな耐火金庫があるが、特に金品を物色されたり、荒らされた風はない。

犬を1匹、猫を2匹飼っていたとのことだが、犬の姿も、猫の姿も見えなかった。大勢で押し寄せたので、姿を隠しているらしい。

その日の調べでは、特に不審者も認められなかった。中座集落には20年ほど前までは総数50戸近い家があり、終戦直後は100戸に近い時期もあった。住民は農業や林業の傍ら、建設会社などに働きに出る者が多い。山中ではあるが、当時は通勤バスも朝夕通っており、通勤可能な範囲に南郷市や深森町など、いくつかの街がある。

しかし、ここ20年ほどの間に急激に過疎化が進んだ。現在では住民に若い者は誰もおらず、一番若いので50歳代の夫婦が2組、単身者が1人である。あとは60歳代から90歳代で、夫婦で5組、独り暮らしが2人であった。

その日の調べでは、見ず知らずの人を見かけた村人はいないという。子供や孫達が帰ってくるのも、盆や正月が殆どで、この時期にはないということである。

5月とはいえ山里の夜は早い。6時半過ぎには暗くなるので、捜査一課長はその日の作業終了を指示し、南郷署に駆けつけている刑事部長に報告し、協議するため南郷署に戻る。その他の捜査員は元小学校体育館に宿泊することになった。

加藤刑事課長は当日中に現場に入るとのことだが、まだ各方面との連絡調整に忙しく、現場には顔を見せていなかった。

武井は畠中の運転する車で、5キロほど先の旅館が1軒、公衆浴場が1軒の温泉場にある公衆浴場に入浴して、それから宿泊場所の元小学校体育館に行くこととした。南郷署の捜査車両、いわゆる覆面パトカーである。

武井は温泉が好きだ。この近くには有名な炭酸温泉の温泉街があり、何回か来たことがある。この温泉場は、その温泉街とはだいぶ離れているが、行ってみると同じような炭酸泉で、良い泉質だった。浴槽の色は乳白色に泥色が混じったような色だが、湯口から湧き出す湯の色は無色である。その湯口近くには、乳白色の湯の花が固まってこびりついている。

武井の妻は学校教員であまり温泉が好きでないが、中学生と小学生の二人の娘は温泉好きで、小さい頃はよく一緒に来ていた。しかし娘は、大きくなると父親には付き合わなくなる。最近は、休日にドライブがてら一人で来ることが多くなっていた。

公衆浴場は4～5人も入れば一杯になるような狭い浴槽であるが、武井はさっとかけ湯をして浴槽に浸かる。手に湯を掬って顔にかけながら独り言をする。

「ふー、いい湯だな」

そこへ畠中も湯船に入ってきた。歳は30歳前後のふくよかな体型をしている。色白の丸顔で、頭髪はやや薄めだ。

「いい温泉ですね。仕事でなければよかったんですが」

「まあ、温泉に入れるだけでもラッキーじゃないか。あとは寝るだけだがな」

「ほんと、湯上がりに一杯やりたいですね」

「これからは業務時間外だから、酒飲んでもいいんじゃないか。売店に売ってたら買って帰ろう」

武井がそう言うと、畠中は喜ぶ。これまであまり酒席を一緒にしたことはないが、酒は好きなようだ。

風呂から上がると、その浴場の売店に酒は売っていない。地元の住民に聞いてみても、近くには酒店はないそうだ。残念だが仕方がない。畠中のがっかりした様子が気の毒だが、そのまま宿泊場所に帰ることにした。

入れ代わりに大柄な男が二人、浴場に入っていく。顔を見たことはある。県警本部の原田係長と吉田部長刑事だ。捜査二課だということを聞いていた。

武井は、まだ被害者が贈収賄事件で捜査中ということを知らない。武井は本山の隣の係だが、本山は担当が違う武井には秘密にしていた。これは捜査上、普通のことである。

畠中が言う。

「なんか、被害者は深森町の議員らしいですよ」

耳の早い男である。しかし武井は、自分の仕事以外にあまり興味はない。

「ふーん、そう」と、聞き置いた。

外に出ると、8時を過ぎて辺りはすっかり暗くなっていた。風呂場から元小学校体育館までの帰り道も、畠中の運転する車に便乗する。10分ほどの道のりだが、辺りに明かりはない。

左右の森の間に開ける空を見れば、昨日までの大雨が嘘のように晴れ渡った東の空に、十六夜の月が上がってきた。

「久し振りに月を見るな」

そう思っていると、月が、ずっと武井たちの車を追いかけてくる。木立に隠れても、また同じ位置に出てくる。武井は、子供の頃に父と見た月の記憶を思い返していた。

まだ小学校に入る前の武井誠が、父とともに夕暮れの野道を歩いているときのことだ。今日のような月が出ていた。そこで、驚いたことがある。その月は、誠が歩いたあとをどこまで行っても、ずっとついてくるのだ。走ってみても同じである。

「なんで、どこまでもついてくるの」と聞く誠に、父は笑いながら言った。

「そのうちわかる時がくるよ」

確かに4〜5歳の子供に説明するのは大変だから、正しい対応というものだろう。後日その理由を学校の授業で知ったとき、誠はそう思ったものだ。

誠は少し変わった子供だった。勉強はしなかったが、よく本を読んだ。歴史の本とか戦記物が好きだった。友達は少なく、いつも独りでぼうっとしていた。授業中も目を瞑ったり、鉛筆で画を描いたりしていた。しかし、授業は一応聞いており、先生が突然「武井、これわかるか?」と指名してきても、なんとか答えることができた。

可愛げがなかったようで、殆どの先生からは疎まれたが、一人の教師だけは「将来頼もしい」と両親に言ってくれたらしい。

父は優しかったが病弱で、誠が小学校6年生のとき、死んでしまった。残された母は、家の周りの多少の田畑を作りながら、仕事を選ばず働いた。土木作業に出ていたこともある。

誠は中学卒業後、陸上自衛隊少年工科学校に進んだ。母に楽をさせたかったのだ。卒業後任官し、レンジャー課程も終了した。下士官としての仕事が嫌いではなかったが、なんとなく、「国に殉じる」という考えに抵抗があった。そこまでの義理はない、と思っている。

そのうち地元に帰って母の面倒を見たいと思い、警察の採用試験を受け、合格して退官した。警察を就職先に選んだのは、地元では他に仕事がないから、というのが正直なところだ。特に、警察の仕事が好きだから、とか、住民の安全のために働きたい、とまでの思いはない。ただ、苦労して子供を育ててくれた母に恩返しをしたいという気持ちだった。

警察に採用されて1年間の警察学校長期課程（高卒採用者の課程）を終えたとき、25歳だった。その後、当時外勤課といっていた地域課警察官を振出に、交通、警備と一通り経験して、やがて刑事になった。やはり刑事が一番面白いと思う。

その中でも盗犯刑事が好きだったが、勤務が不規則である。夜中の張り込み、連日の張り込みなど、獣の狩りのようで本当に面白いのだが、やがて結婚すると妻から苦情がくる。

妻や子供たちの相手もできる刑事といえば、強行犯や知能犯、暴力団係が定時に帰れることが多く、比較的楽である。武井は、このところ10年ほどは強行犯係と知能犯係を行ったり来たりして、45歳となっていた。

廃校の体育館

体育館に着くと、既に床に30枚ほどの布団が敷きつめてあった。小さいとはいえ体育館なので、床の片方に集めてある。

加藤課長は一応体育館に入ったが、仕事が一段落して風呂に行ったらしい。武井と行き違いである。

寝具が敷いてある反対側の片隅に置かれた木台の上に、白米が炊飯器数台に炊いてあり、鍋の湯に携帯用レトルトカレーの袋が浸けてある。また、粗切りされた豚カツと漬け物、インスタント味噌汁が置いてある。野菜は特にない。各自、勝手に取って食べる形だ。

木台の傍に、両方から6人ほど座れる長方形の座卓が6列置いてある。収納に便利なように、金属製の脚が折れる形だ。

武井は皿に白米を盛り、その上に豚カツを載せ、レトルトカレーの袋と味噌汁の入ったカップ、漬け物の載った皿を手に取る。皿やカップは全てプラスチック製の安物だ。

これを持って適当な場所を探す。同じように畠中もやってきて、武井の横に座った。その後、他に数人の署員が武井の傍で食事を始める。

そこへ、訪問者があった。

「こんばんは。皆さん、今日は大変お疲れ様です」と大きな声がする。体育館の入口に、50~60年配の男が三人立っていた。

見れば一人はビールの入ったコンテナを重そうに持っている。一人は日本酒の一升瓶を2本両手に提げており、もう一人はその後ろから焼酎の一升瓶を2本、両手に抱えていた。

ビールを持った男は、長身でやせ型、面長の顔に細い目をしている。頭髪は黒いが短く刈っていた。

日本酒を提げた男はやや小太りで身長は普通、丸顔に太い眉とその下の丸い目が目立っている。頭髪は薄いが、まだ幾分かは頭の上に残っていた。

その後方の焼酎を抱えた男は、身長体型は日本酒を提げた男とほぼ同じで、特に目立ったところはないが、鼻梁が高く、三人の中では一番顔立ちがいいようだ。

顔と目の細い男が声をかけてくる。

「皆さん、こんばんは。今日は大変お疲れ様です。差し入れに来ましたので、どうぞお召し上がりください」

そう言って、ビールを座卓の脇に置く。また、肩にかけた布カバンから乾きもののつまみを出して、これも座卓の上に置く。残りの二人の男も、日本酒と焼酎の瓶を座卓に並べた。

畠中が喜んで応える。

「これは有り難うございます」

その場の職員からも、「おーう」という声が上がり、武井も思わずニコリとした。

「すみませんね。酒屋がなくて困っていたところです。助かります」

そう言う武井に、顔と目の丸い方の男が、

「はい、この辺りには酒屋がないので、お困りだと思って来ました」

と返した。

「でも、こんなにたくさん、本当にいいのですか」

と武井が聞くと、顔と目の細い方の男が言う。

「これは来週の田植祭りの祭礼用に用意していたものです。神主さんが死んじゃって、今年は祭りどころではないので、どうぞ飲んでください」

そうだったな、被害者は神社の神主もしていたよな、と武井は思う。折角だから、三人から聞き出す情報もあるかもしれない。

武井が他の捜査員を見渡せば、皆、飲みたいような顔をしている。ここは仕事半分にしようと思い、水を向ける。

「遠慮なく飲ませてもらいます。いただいたもので何ですが、お三方もご一緒に如何ですか」

三人とも相好を崩して了解した。酒好きのようだ。座卓を挟んで武井と畠中、男三人が対座する。他の署員も、三々五々集まってきて、近くの座卓にそれぞれ腰を落ち着けた。

武井が簡単な自己紹介をしたあと、酒宴に入る。ビールや酒は、お茶水兼用のプラスチック製のコップで飲むことになる。無粋だがやむを得ない。

男三人は、顔と目の細い方が農協職員と農業をしている柿原勇、顔と目の丸い方が農業と林業作業員をしている大山一樹、三人目の男が建設会社に勤務する上村和生と名乗った。

皆、プラスチック製コップにまずビールを注ぎ、一気に飲む。その場には、酒が飲めない署員は一人もいなかった。

風呂上がりにはビールが心地よい。身に滲みるとはこのことだ。

「いやー、よく冷えてますね」

と喉を鳴らして武井が言うと、

「この上の沢の湧き水に浸けてます。この辺りでは冷蔵庫は要りませんよ」

と上村が笑顔を見せた。

酒を飲みながら、武井は三人の様子を窺っている。

「最初に被害者を見つけられた人を知っていますか」

柿原が手を上げた。

「私です」

柿原は自分の方から話し出す。声も大きく、話好きのようだ。ふと畠中を見れば、ノートを出して時折メモしている。武井は「やはり刑事だな」と、含み笑いをした。

柿原によると、当日はたまたま休暇をとっていたため、祭りの段取りを相談に芝木家を訪ねたそうだ。玄関から声をかけるが返事がなく、裏に回ってみたがその辺りに人影はない。いつもうるさく吠える犬の声が聞こえないので、なにか不審に感じたという。納屋の前に、普通自動車と軽自動車が並んでいるので、夫婦二人とも外出はしていないと思い、玄関から入って声をかけてみた。すると居間の方に、なにか人が倒れているように見える。近づいてみると、男が倒れて、周囲一杯にどす黒い血が流れていた。驚いて芝木家の電話で消防署に連絡したとのことだ。

家の外で救急車を待ち、到着した救急隊員と一緒に部屋に戻ると、一目見て、

「これは、死亡しておられますね」

と隊員が言う。

すると、奥の部屋から他の隊員が、

「あ、こっちにも」

と言って、倒れていた女性の脈をとっていたが、

「この人も、駄目です」

と首を振り、消防署に電話していたとのことだ。

そのあとパトカーが来たので、柿原は警察官に名前と住所と発見状況を話して家に帰った、と説明する。

武井は柿原に穏やかな顔を向けて聴いていたが、やがて一つ質問をした。

「芝木さんご夫婦の近所での評判はどうでしたか?」

三人は暫くお互いに顔を見合った。やがて柿原が口を開く。少し、話しにくいような口ぶりだ。

「奥さんは、ほんと評判良かったですね。優しくて、それに美人でした。悪く言う人はいないんじゃないでしょうか」

上村が続ける。

「動物も好きで、いつも犬にリードを付けて、猫を周りに歩かせて、散歩していました」

これには武井も少し驚く。

「へー、猫が散歩に自分でついていくのですか……」

「はい、そうです。この辺りの田舎では、車も少ないし、飼い主の農作業などについてくる猫は多いですよ」

と、三人口を合わせた。

武井は話を進める。

「では、ご主人の方はどうですか?」

「まあ、いろいろですね……」

三人はそのように答え、沈黙する。暫くして上村が、ぼそり、と言った。

「何事も、上から目線の人でしたね。それに、金持ちなのにケチでした」

柿原も、低い声を出す。

「芝木さんは、先代の頃から金貸しを始められたんですよ。戦後の木材好況で稼いだ金が元手のようです」

「そうですか。こんな辺鄙なところで金貸しですか」

武井が少し驚いた風を見せたが、構わず柿原は続けた。少し口調も強くなっている。

「今はこの有様ですが、戦争直後は外地から帰ってきた人もあって、一時は100軒近い家がありました。また、利息が特に高くないので、評判を聞いてわざわざ遠くから借り手が訪れていたようです。最初は小口からされていましたが、最近では、最低でも100万円単位だったようです」

いつの間にか、原田と吉田も来ていた。暫くカレーライスを食べながら、武井の話を聴いている。

ふと、原田が声を上げた。

「あなた、この前南郷市の駅前のスナック、『瞳』でしたかね、会った人でしょう」

これに大山が振り向いた。

「ああ、あのときのお客さん、警察の人でしたか……」

吉田も笑顔で会釈している。原田は武井に、

「すみません、話の腰を折って……」

と謝った。

武井は三人に向き直る。

「誰か人に恨まれていたようなことは、聞いていませんか？」

今度は上村が口を尖らせる。

「その反対に、最近は芝木さんが盛んに人の悪口を言っていましたね」

「へー、誰に対する悪口ですか」

「娘婿とか、息子の嫁が多かったですね。それから役場の職員や議員。特に堀田金造という人のことを言っていました」

「その内容は覚えていませんか？」

これには三人とも返事に詰まった。

「うーん、私は聞き流していたもんで……まあ、年寄りの愚痴みたいなものでしたよ」

そう柿原が言ったあと、暫く会話が途絶えていると、日本酒のコップを右手に持った原田が、また声をかけてきた。原田の肩越しに、加藤課長が食事をしているのが武井に見える。

「武井係長。僕から聴いてもいいですか」

武井が了解すると、原田が身を乗り出してきた。

「誰か芝木さんに金を借りて、トラブルになっていた人は知りませんか？」

これにはまた柿原が答える。

「いや、結構取り立ては厳しかったようです。滞るとすぐに担保を取り上げていました。いつも、金を貸すには山林を担保に取っていたようです。逆にいえば、山林を担保に出す人にしか金を貸さなかったようですがね」

「そういう形で山林を取られた人を、誰か知りませんか？」

柿原は暫く目を泳がせていたが、やがて吐き捨てるように言った。

「この集落でも何人かいますね。でも、確か隣の上座集落のほうで、平家の末裔という人が、数十町歩の山を全部取られたということを聞いたことがあります」

但し、名前は思い出せないと、言葉を添えた。原田の質問は続く。

「芝木さんは最近物忘れが激しいとか、思ったことはありませんか」

すると、皆、一様に驚く。そして三人、口を揃えた。

「はい、僕達も思っていたんですよ。最近、祭りの打合せなどで話しても、さっきの話をすぐ忘れることが何回もありました」

そこへ食事を終えた加藤課長がやってきた。暫く話を聞いていたが、酒には口を付けない。

武井が折りをみて、三人に断った。

「話もだいぶ長くなってしまいました。明日は早く起きる必要があるので、ここらですみません……」

「これは、長居してしまいました」

三人は、はっとした顔をして、早々に帰っていった。

「酒の残りは明日飲んでください」

と言って、置いて帰る。加藤に目を遣ると頷いているので、武井は頭を下げて受け取った。


眠りに就く前に、武井が原田に訊いた。

「原田係長は芝木さんと話したことがあるんですか」

原田は応えかけたが、口籠もる。

「……いや、今度捜査会議のとき、署長が話すよ。ごめん」

そう言って、床に就いた。すぐに鼾の音が聞こえる。原田はどこでも眠るのが得意だ。

しかし武井は反対である。寝床に入ったものの、事件情報の整理や明日からの方針を考える。今日の現場を思い出していた。

散乱していた茶碗とお茶菓子の様子を思い出していると、ふと、茶碗の数が３つか４つあったことを思い出した。

「事件時に誰か来客があっている。指紋が出るかもしれない」と思う。

また、先程の三人の来客を思い出す。もしかしてこの中に芝木宅の来客がいるかもしれない。武井は布団から起き出し、反対側の机に置いたままになっていたプラスチック製のコップの中から、三人が使っていたと思われるものを3つ取り出し、証拠品用の紙袋に収めて、自分の鞄に入れた。

そのあとも、考えがあれこれと頭に浮かび、武井が眠りついたのはとうに夜半を過ぎていた。

情報収集

翌日、早朝から捜査が再開される。取り敢えず近隣への聴き込み、遺留品捜査などから始められた。犯行に使われた鈍器が発見されていないので、周囲の雑木林や草むらの捜索も行われる。これは主に機動隊が担当した。

中座集落住民への聴取で、死体発見前日の芝木等の行動が、一部、判明した。その日、廃校のグラウンドで7~8人が集まってゲートボールがあり、午後1時頃から4時頃まで等は一人で出ていたようだ。多美子はいつも欠席で、等だけで参加する。

その日、ある住民が等と言い合いになったようだ。そのことを聞きつけた警察官がその住民に話を聞いたところ、その経緯は、次のようなものだった。

芝木は金持ちなのにケチで、皆で購入した物を私物化することがよくある。その日もゲームが終わったあと、住民共同で購入して廃校体育館に保管しているゲートボールスティックとボールを、芝木が持ち帰ろうとした。その住民が「自宅で練習するんだったら、自分のを買ったらどうか」と注意したところ、言い合いになった、という。その程度の諍いで、二人の間に深い怨恨は感じられない。

集落の住民は20人もいないので、その聴取はあまり時間がかからない。しかし、その集落から外部に通じる道筋は、比較的大きいものだけでも東西南北に一本ずつ、そこから枝分かれしたものを入れれば、十数本にもなる。その道筋に所在する集落もいくつかあり、これらの住民も聞き取りの対象とした。

犬と猫は、翌日には帰ってきた。隈本市郊外に住む娘夫婦が引き取って育てることとなる。

通夜葬儀は、事件発覚の翌々日から二日かけて行われる。親戚や知人、友人が遠方からも参列するので、その人達からも事情を聴いた。

娘夫婦は、夫が中学校教師、妻が病院勤務の薬剤師で、子供はいないが夫婦円満である。芝木は悪口を言っていたようだが、娘夫婦には思い当たるところがない。息子夫婦は隈本市内に住んでいる。運送会社勤務で、長距離トラックの運転手をしている。妻は、息子が事故で怪我をして入院した病院の看護婦で、小学校の子が一人あり、夫婦仲は良い。

息子は学校の成績が良くなかったことから、両親と折り合いが悪く、特に父親に対しては不満を持っているが、殺すまでの恨みはないようだ。また、当日は大型トラックを運転して東京方面に行っており、アリバイがある。

その中でいくつかの情報があった。その一つは、事件の数日前に堀田金造が芝木宅の傍で見かけられていたことだ。見かけた人物は、隣の集落の住人だが、木材取引の関係で金造とは付き合いがある。狭い道で行き会って、お互い車の運転席の窓を開けて挨拶した。その人が、「こんなところに何の用だね」と訊くと、金造は、「議員仲間の芝木と話があるので来た」と答えたそうだ。なんの話かまでは聞いていていない。

二つ目は、地区の老人の話だが、夜中の2時か3時頃、道路に面した厠に立つとき、窓から車が通って行ったのを見た、とのことだ。白い軽自動車だったようだ、と言う。

三つ目は、芝木に金を借りて山林を取られた者は、結構数が多いということだ。芝木等はそこまでないが、父権蔵の時代は結構多い。同じ地区にも3人おり、その中の一人は柿原の父だった。中には全財産を取られたに等しい人物もいて、被害者は中座集落のある旧野末村始め、深森町、南郷市など広い範囲にいる。芝木の所有する土地の登記簿謄本を取って、引き続き調べることにした。

近隣地区も含めて調べてみると、意外に不審者の目撃情報がある。いずれも隣接地区の情報ではあるが、その日、朝早い時間に、新聞配達員が中座地区に出入りする人を何人か目にしていた。また、前日に現場付近を通過した車両も十数台はある。山菜採りの時期でもあるので遠くから来る人たちもあり、その車両、搭乗者の特定はできていない。

検討

地道な捜査の10日間が経った5月29日の月曜日、南郷署で捜査本部の会議が開かれる。南郷署4階の大会議室である。

この部屋は、南郷谷の南の方に向いている。阿蘇五岳とは逆の方向である。その日、窓の外は梅雨の走りの霧雨が降っており、南外輪山が薄っすらと雲の間に霞んでいた。

午前9時に会議が始まる。この日は関係者が重なるため、隠密に進行中の贈収賄事件捜査会議も併せて開催し、情報を交換することとなった。

捜査本部長吉井刑事部長、副本部長山下南郷署長と、県警本部捜査一課長、鑑識課長他県警本部捜査員、武井他の南郷署捜査員ら殺人事件担当者に加えて、贈収賄事件捜査責任者の河島捜査二課次席、両特捜班長、その他贈収賄事件担当の捜査員も参集している。

まず、南郷署刑事課長の加藤が、遺体発見時の状況を説明し、これまでの捜査で判明した事実を報告した。分厚いメモを手にしている。

被害者は芝木等68歳と、妻多美子56歳であった。芝木宅は、家の中央部西側に広い玄関があり、漆喰で固めた6畳ほどの土間の先に式台があって、広い10畳ほどの玄関板間と続いている。

　その左側に6畳の台所と10畳居間、さらに10畳の寝室が東に向かって並んでいる。玄関板間から右に入ると、手前に10畳の客間があり、その東側に廊下を挟んで10畳の二間続きの座敷がある。奥座敷に仏壇が設えてあり、床の間に古い耐火金庫が置いてあった。また南側の客間と奥座敷の外には、広縁が囲んでいる。

　芝木等の死体は居間にあり、奥座敷の仏壇の前に多美子の死体があった。多美子はうつ伏せに倒れており、左側頭部の上部に陥没骨折があり、辺りに多少の出血もある。

　等は居間の座卓の脇に仰向けに倒れて、心臓部に刺身庖丁が突き立てられていた。辺りに大量の出血がある。この庖丁は比較的新しいもので、現在販売元を調査中ということだ。庖丁から多美子の指紋が検出されたが、他人の指紋は検出されていない。

　仏壇横の古金庫は開けられた形跡はなく、被害者の娘が捜査員の前で開扉したが、物色された形跡はなかった。

　居間の座卓の上には陶器の茶碗が一つ置いてあり、ガラス製のコップも一つあるが、その脇には割れた茶碗が二つ、コップが一つあり、割れていないが小皿が落ちている。また茶菓子が辺りに散乱していた。

　ここで、加藤が顔を上げて辺りを見回しながら言った。

「コップや茶碗から、三人の異なる指紋が採取されました。うち二人は等と多美子のもので、あと一人は誰のものか調査中です」

捜査員から、「よし」という声が上がる。加藤は、「ご質問はあとにしてください」と遮って説明を続ける。

現場の室内に足跡はない。窓やドア等に破損やこじ開けた跡も認められない。現場の家具やガラス窓その他からいくつかの指紋が検出されたが、被害者夫婦のものであった。

説明は、検視と司法解剖の結果に入る。

等の胸の刺傷の幅は約4センチ、深さは20センチで心臓に達しており、死因は心臓左心室切断創による失血死である。多美子の左側頭部には打撲でできた傷があり、頭蓋にも骨折がある。死因は頭部外傷による硬膜下血腫である。

そこまで説明したところで、加藤が声をひときわ大きくする。

「ところで、死亡時刻ですが、二人で約5時間の差があります。これは体温測定の他、胃内容物の消化度で判明しました」

捜査員から「ほー」という声が上がる。加藤の説明によれば、胃の内容物は、等も多美子も同じである。台所に残された食材から夕飯を一緒に食べたことが推察されるが、その消化度が大きく異なる。

その結果、等の死亡推定時刻が死体発見前日の午後11時頃から翌午前4時頃までの間、多美子の死亡推定時刻が死体発見前日の午後6時頃から11時頃の間と推察されるというのだ。

加藤は付け加えた。

「解剖結果で、もう一つ、お知らせしたいことがあります。実は、解剖医の友枝教授から聞いたところでは、刺身庖丁は一突きではなく、実は二突きしてあるということです。ほぼ同じ形の創傷で、一つの傷にも見えるのですが、傷の先端部分が微妙にずれていて、そのときの刃物の動きが一度ではなく、二度であることがわかるとのことです。また先生は、『こんなに綺麗に二突きすることができるのか』と驚かれていました」

会議室は少しざわつく。加藤は、また淡々とした説明に戻る。

死体発見時の状況、犯行場所の住民の概要、被害者の経歴、職業、当日の不審者の目撃情報、芝木が金貸しをしていて、山林を取り上げた人物が多数あり、継続捜査中であることを説明していく。息子との軋轢や当日息子にアリバイがあること、堀田金造の目撃情報も、不審者の目撃情報中の一つとして説明に加える。

そこでまた、加藤の声が高くなる。

「被害者宅の固定電話の履歴を調べました。この電話は比較的新しいディスプレイ式で、過去10件ほどの着信履歴、発信履歴が電話機に記録されています。

これを調べたら、死体発見前日の午後7時頃、堀田金造宅、これは妻と暮らす住居ではなく、別宅の電話ですが、その固定電話から芝木宅に電話履歴があります。また、午後7時半過ぎに、今度は芝木宅から、同じ集落内に住む上村和生宅に電話履歴があります。

その後、8時過ぎに、芝木宅から堀田金造宅に電話履歴があります。その後は、遺体発見まで電話の発着信履歴はありません。また令状を取って、ＮＴＴで通話時間を調べてみました。会話時間は、最初の電話が約2分、次の電話が約1分、最後の電話が約15分でした」

これには、何人かが、「やったね」と声を上げた。加藤は僅かに目を上げたが、また手許のメモに目を戻す。これまでの捜査体制、捜査員の捜査状況、捜査本部の指示、報告状況、その他関連事項について述べて、加藤の説明は一応終わった。

そこで山下が皆に声をかける。

「これまでの捜査状況はそういうことだ。これを前提に、今日は皆、自由に質問をし、意見を言ってもらいたい」

早速手が挙がる。捜査一課長の水谷警視だ。強行犯捜査の第一人者である。

「これまでの贈収賄事件の捜査の経過も説明してくれんかね。芝木はその被疑者だよね。堀田金造はその中心人物だよね」

これには山下が答えた。

「いや、すまん、すまん。捜査一課の方には、わからないことも多いよね。誰がいいかな、

「河島君、説明してくれ」

「はい」と応えて河島捜査二課次席が立ち上がった。

まず、情報の入手経緯を述べたあと、約3年半前の議長選挙に関する贈収賄事件、約1年前の助役選任同意決議における贈収賄事件ごとに、関係者の名前を挙げ、渡された金額とその趣旨など、これまでの事情聴取の経過と捜査状況を説明していく。やがてこれまでの経緯を取り纏めた。

「今の段階では、着手するかどうか、仮に着手するとしてどの範囲でやるか、悩んでいるところです。

議長選挙に関しては、贈賄側は公訴時効が満了していますので、立件できるのは芝木を入れた収賄側議員4人になります。堀田金造や泰、最上町長を収賄の共犯で事件にすることも考えましたが、難しいというところです。

また、助役選任同意決議については、収賄側が町長派議員4人と中間派2人で、贈賄側が小崎現助役です。町長派議員5人のうち1人は、金を突き返しているので立件できませんし、中間派の芝木は死んでいるので、罪に問えるのは合計5人になります。これに加え、共犯として、堀田泰、最上が立件できないか検討しているんですが、結論が出ていない状況です。ここ1週間も、殺人事件の捜査と並行して調べを進めていますが、なかなか進展がみられません」

すると、「はい」と手が挙がり、鶴山班長が立ち上がって補足した。

「この1週間ほど堀田金造を調べてみましたが、これは曲者です。最近、堀田泰に顧問料を切られたようで、恨みもあり、その情報の信用性を吟味する必要があります。また、その供述は二転三転するところがあり、これに全面的に乗っかるには、抵抗があります」

水谷は、聴きながら首を捻ってみせた。

「電話の履歴をみれば、堀田金造が絡んでいる可能性があるよね。もう一人の指紋は堀田金造ではないのかな……」

これには加藤が答える。

「はい、二課特捜の方で堀田金造の取調べ時に出した茶碗を提出してもらい、指紋を採って鑑識で対比してみましたが、金造のものではありませんでした」

「ふーん、しかし、堀田金造が刺客を送った可能性があるから、まだ金造は外せんね。ところで、堀田金造と芝木の間にトラブルはなかったのかな……」

水谷の質問に、今度は河島が答える。

「今回の贈収賄事件の情報は、金造から反最上派の福山建設に対する情報リークが発端です。そのことを芝木は直接聞いてはいないにしても、疑っているでしょう」

すると、加藤も言葉を続けた。

「事件後の周囲の聞き取りで、金造が事件の直近に芝木方を訪問していたことも判明しています。なんらかのトラブルがあった可能性は否定できません」

水谷が一応質問を終えると、今度は捜査一課強行犯特捜班長内川警部が発言を求める。

「僕からも3点、質問があります。一つは、芝木等、権蔵親子に財産を取られた人の調べはどの程度進んでいますか。もう一つは、多美子さん殺害の凶器は、何が想定されていますか。もう一つは、マグロ解体職人とか、武道の達人とか、刃物を取り扱う人間が近くにいないか調べていますか」

山下に目配せされて、加藤が立ち上がった。

「等と権蔵に恨みを持つ人物の調べは始まったばかりです。捜査二課金融特捜班で両人名義の不動産を調べていますが、まだ時間がかかります。また、過去の貸金取引全体も調べる必要があり、押収した貸金帳簿や銀行預金の入出金履歴なども調べていますが、まだ緒に就いたところです。

それから、奥さんの殺害凶器は、現物の発見に努めていますが、まだ発見できていません。どのような凶器が想定されるか科捜研にも検討してもらっていますが、まだ結論が出ていません。

最後の点は、今まで検討していませんでした。今後はその観点からも調べてみます」

内川の質問が終わる。武井はそこまで目を瞑って皆の話を聞いていたが、立ち上がって手を挙げた。

「すみません、南郷署刑事一係長の武井です。現場から指紋が出たそうですが、僕がこの前提出した検体は対照済みでしょうか……」

これは、現場の廃校体育館に宿泊したとき、そこを訪問した住民三人の手にしたプラスチック製コップのことだ。

山下は皆を見回していたが、答える者がいない。仕方なく口を開いた。

「あー、まだ鑑識から回答が帰ってないようだな……」

すると、鑑識課長が申し訳なさそうに補足する。

「今回の事件で調べている指紋は、被害者の子供夫婦や親戚、深森町議員、職員、地区住民など数百に及んでいます。暫くお待ちください」

武井は「わかりました」と答えたが、自分が提出した証拠資料が軽視されているようで、幾分不満を覚える。隣席の原田が見透かしたように「まあ、まあ」と宥めてきた。

その後、現場を通行した軽自動車や新聞配達員が目撃したという車両について質問があるが、いずれも現時点では特定不可能ということである。そのほか、様々なやり取りがあって午前中の会議を終える。

トイレ休憩と、持ち込まれた弁当の昼食もそこそこに、午後からの会議が再開する。始まりは、刑事部長吉井警視正の言葉である。吉井は捜査一課関係にも、二課関係にも造詣が深い、優秀な刑事警察官であった。

「この事件の特性は2点ある。まず1点目は、被害者の死亡時刻が違う可能性が高いこと。また、殺害方法、凶器も違う。2点目は、殺害場所が同じで、時間も近接しているということだ。

次に、事件の鍵も何点かある。1点目は、現場に残された第三者の指紋だ。2点目は、事件発生時刻頃に芝木宅と通信した相手方だ。これは堀田金造と上村和生とわかっている。

この事件の特性と、鍵を念頭に、考えてみたらどうかな」

そう言って参加者を見回すと、本山が遠慮がちに手を上げる。

「南郷署刑事課二係長の本山です。僕の考えを言わせてもらっていいですか?」

吉井が頷くのを確認して立ち上がり、話し始めた。

「芝木とトラブルになっていた堀田金造が芝木を電話で脅します。芝木は、同じ集落に住む上村に相談します。

その後、芝木が再度堀田金造に電話して、堀田金造が芝木宅を訪れて、喧嘩になります。そこで、堀田金造が二人を殺した、ということを考えてみました。

しかし、致命的欠点があります。指紋の点は、金造があらかじめ殺意を抱いて準備していたとしたら、なくても説明できます。

でも、二人を数時間置いて、一人ずつ殺す説明がつきません」

「僕からもいいですか？」

そう言いながら、南郷署刑事課二係の寺井巡査部長が立ち上がった。

「死亡時刻が違うとしても、死因が違うので、打撃が加えられた時間は同じ、ということはないのですか」

これには水谷捜査一課長が着席のまま応じた。

「等氏の死因は即死で、多美子さんの死因は打撃から時間がかかった可能性がある。でも、死亡時刻は、等氏より多美子さんが早いんだ。その逆ではない。ということは、多美子さんへの打撃が等氏への打撃より時間が早いことは動かないね」

すると、吉井が言った。

「そうそう、そのように一つずつ可能性を潰して考えていくもんだ。いいぞ諸君。他に考えはないか」

今度は、捜査二課特捜亀沢班の青木警部補が手を上げた。

「でも、金造が芝木宅に着いた時点で既に多美子が死んでいたとしたら、死亡時刻の差は説明がつかないことはありません。ただ、そうなると多美子を殺したのは金造以外の人間となります。

これはあくまでも仮定ですが、もし、金造と芝木が揉めた原因が、金造と多美子の男女関係だったら、芝木が金造の来る前に多美子を殺していた可能性が出てきます。これで説明がつきます」

皆、これには興味を持ったようだ。原田は身を乗り出している。武井は、目を瞑ったまま、大きく頷いた。

「最近、年寄りの恋愛問題が老人ホームなどで起きている。喧嘩沙汰も少なくない。今の考えは、あり得ることだね」と吉井が言うと、大方の者が頷いている。

すると、捜査一課長の水谷が苦言を呈する。

「しかし、そこに頭を固定したらいけないよ。まだわからないことが一杯ある。柔軟に、多方面をみて、調べを進めるんだ」

これに、捜査一課内川警部も言葉を重ねた。

「そのとおり。思い込み、視野狭窄は厳禁だ」

これは、一課刑事の基本である。

そこへ、畠中も声を上げた。

「南郷署刑事課一係の畠中です。駄目元で申し上げます。奥さんの方の死因は、硬膜下血腫ですよね。即死ではないんじゃないですか。そうすると、死亡時刻は鑑識の報告のとおりとしても、攻撃を受けた時間はもっと早い、ということもあるんではないでしょうか」

武井は、それまで瞑っていた目を開け、畠中を観て微笑んだ。ふと、隣の席の原田とも目が合う。原田も会議中は殆ど目を瞑っているが、目を開けて笑顔を見せている。捜査員の遣り取りを楽しんでいる風だ。

確かに頭部外傷による急性硬膜下血腫の死亡率は50％程度で、早期に手当てすれば助かることも多い。尤もな意見と言える。武井と原田が頷きあっていると、畠中が続けた。

「そうなると、妻と夫が喧嘩をして、夫が鈍器で妻を殴り、妻が夫を庖丁で刺す、ということも有り得ることになります」

そこで、水谷捜査一課長が再度話に加わってきた。

「確かに、その後の調べで凶器の刺身庖丁は、最近芝木の長女が購入して、実家に持っていったものであることがわかった。多美子の指紋も出ている。考えとしては理解できる。しかしそれでは、夫婦の死亡時刻の差が説明できない。また、多美子が傷を受けた鈍器が発見されていないのをどうみるかだな。まさか、自分で歩いては行くまい」

すると青木も、再度手を上げた。

「畠中刑事の今の話から、少し戻してみませんか。先程誰かが話された『金造が芝木宅を訪れて、喧嘩になった』という筋書きです。そうすれば、鈍器の方は金造が持って帰ったとすれば、話は合います」

これには皆、「ふーむ」と感嘆したような声を出す。

吉井が言った。

「そうなると、殺人事件の鍵は、やはり堀田金造ということになるね。金造は、調べ中の贈収賄事件で逮捕状を取ることもできる。芝木家に残された茶碗、コップの指紋という宿題もあるが、早々に着手したらどうか」

その後、今後の手順を協議する。もちろん逮捕事実は贈収賄事件となる。殺人事件では、逮捕状請求するだけの証拠資料は揃っていないのである。

また、贈収賄事件の中でも、贈賄側、収賄側双方に公訴時効が満了していない助役選任事件での着手とした。議長選任事件は、助役選任事件の逮捕勾留期間中にさらに検討することとなる。

そこで、どの範囲の人物を事情聴取し、逮捕に踏み込むかの協議となった。特に最上と堀田泰まで踏み込むかは、時間をかけて協議を重ねる。その結果慎重論が勝り、捜査対象者は、贈賄側の小崎助役、収賄側の堀田金造を含む町長派4人（戸部は金を受け取っていない）と中間派1人（芝木は死亡している）となった。なお、戸部についての事情聴取は参考人として引き続き行われる。

その後、捜査員の割り振りをする。まず、中心人物の堀田金造である。これまで本山係長が話を聞いているので、本山係長と寺井部長刑事も引き続き担当するが、殺人事件の容疑の方がむしろ重要なので、一係の武井係長と畠中刑事も加わる。責任者は本山が指名された。係長歴が長いのである。

次の中心人物である小崎助役については、鶴山班の担当となり、奥瀬係長が事情を聴く。戸部については、これまでの経緯上、原田と吉田、そのほかの4人の議員については、それぞれ鶴山班、亀沢班の残りの班員が分担することとなった。

事件着手

翌30日の火曜日、各捜査員が小崎助役と5人の町議の自宅、但し堀田金造については隠れ家を訪問し、任意同行を求める。堀田金造は、殆ど妻が住む自宅におらず、馬原の別宅（隠れ家）にいた。

皆、素直に同行に応じ、各警察署に連行される。小崎は南郷署、堀田金造は菊川署、他の4名は、小津署、山地署、大船署、東隈本署に分散される。容疑は、小崎助役選任の議会同意議決にかかる贈収賄の容疑だ。まず任意での事情聴取が行われ、認めれば、裁判所に逮捕状の請求がされる予定である。

但し、小崎については戸部の供述があるため、既に逮捕状が請求されている。認めようが認めまいが、同日中には逮捕の予定だった。

小崎助役は今回の贈収賄容疑の中心人物である。殺人事件には関連が薄いと考えられるが、表向きの容疑については主役である。鶴山班長も奥瀬係長も張り切っていた。

鶴山は警部になって10年を越え、特捜班長になってからも5年目である。50歳代後半となるが、警視昇任試験は受けていない。取調べの現場から離れたくないのだ。

奥瀬は50歳前であるが、同じく捜査現場にこだわる刑事で、警部補になったのは6年前で、相当遅い部類に入る。鶴山が特捜班長に就任するとき、連れてきていた。

南郷署取調室で、午前9時からの対面となる。取調官席に奥瀬が座り、小崎と対面する。脇の補助官席に鶴山が座っていた。普通班長は取調室に入らないが、鶴山はとにかく取調べ現場が好きなのだ。

「おはようございます。本部捜査二課の奥瀬と言います」

奥瀬が口を開くと、

「はい、小崎です」

と小さな声が返ってくる。

「今日お話をお聴きするのは、あなたの犯罪事実に関することです。被疑者という立場なので、言いたくないことは言わないでよいことになっています。おわかりですね」

これは黙秘権の告知というものだ。

「はあ……」

と小崎は不安そうである。

奥瀬は、ゆっくりと言葉を選んだ。

「あなたは今から1年ほど前の平成11年6月、深森町助役に選任されていますね」

「はい」

「選任には町議会の同意が必要ですが、同意を取っていますね」

「はい」

「その際、議員さんの何人かに、お金を渡していませんか？」

「はあ……思い出しません」

「そうですか。あなたから金を貰ったと言う人が何人かいるのですがねえ……」

小崎は俯いて黙っている。奥瀬は静かに質問を重ねた。

「あなたは戸部という議員は知っていますか」

「はい」

「戸部さんは、あなたがその頃、金を10万円、議員控室に持ってきたが、受け取らなかったと言ってるのですが、どうですか。違いますか」

「……思い出しません」

「あなたが助役に選任されるときの採決は、賛成と反対の比率はどうでしたか」

「はい、賛成が5票、反対が4票、棄権が1票でした」

「よく覚えているじゃないですか。金を渡したことは思い出せませんか？」

「…………」

小崎は答えられない。奥瀬が鶴山を見れば小さく頷いている。まだ任意捜査の段階なのだ。戸部の供述は捜査会議で聞いている。今日中には小崎の逮捕状が出るのは間違いない。なにも焦る必要はないのだ。

その後、奥瀬は小崎の家族関係、学歴、深森町役場での経歴、前助役に後継として推薦された経緯などを聴いていく。これには小崎は、言葉少なに答えていった。補助官席の鶴山はいつの間にか部屋を出ており、そのあとに奥瀬の部下の若い刑事が座っていた。

同日午前10時前に、菊川署の取調室では、取調官席に本山が座り、補助官席に武井がついて堀田金造の事情聴取が開始される。まずは贈収賄事件での聴取となる。殺人事件の聴取になれば、武井に交代する運びだ。

「またお会いしますね。南郷署の本山です。今日はこれまでと違い、贈収賄事件の被疑者としての取調べです。まず黙秘権の告知をします。言いたくないことは言わないでいいのは知っていますよね」

そう本山が切り出すと、金造が応える。

「はい、どの件での調べになりますか」

「小崎助役就任時の議会承認議決についてのものです」

「ああ、そうですか」

金造は余裕を見せて応える。以下、二人の問答となる。

「今から約1年前の深森町６月議会のとき、小崎から10万円を受け取ったことはありませんか」

「他の人たちは、なんと言っていますか」

「それには答えられません」

「それでは、僕も答えられないですね」

「どうしてですか」

「この前、他の刑事さんにお答えしましたよ。何度も話すのは疲れますね」

本山は鶴山班の刑事からこれまでの聴取状況を聞いていた。金造は、のらりくらりとした回答を続けていたようだ。

本山は話を変える。

「3年半前の議長選挙のとき、議員４人に10万円ずつ配ったのはそのとおりでしょう」

「まあ、金を渡したのはそうです」

「あなたが議長選挙に立候補するので、宜しく、という趣旨でしょう」

「いいえ、僕は、甥の泰と最上町長が『皆に配っとけ』と言うので配っただけですよ」

この前の話と、また微妙に違う。本山は身を乗り出した。

「堀田泰と最上が指示した、というのは本当ですか？」

「はい、そうですよ」

「その金は誰が出したのですか」

「持ってきたのは堀田建設の事務員ですが、作ったのは、堀田泰でしょう」

「前回私がお聞きしたときには、そのことは話しませんでしたね。工事紹介料とかの自分の金と言っていましたが」

「そうでしたかね。でもこっちが本当です」

「それでは、その金を受け取った日はいつですか」

「いつでしたかね。日記を見ればわかります」

そうだ、堀田金造は、パソコンで日記をつけていたと言っていた。

「その、日記をつけているというパソコンを提出してもらえませんかね」

「嫌だとこの前、言ったじゃないですか」

まあ、戸部の供述もある。今日中には小崎の逮捕状が出るだろう。関連場所として捜索差押え令状をもらい、押収すればいいと思う。

本山がパソコンのありかを訊くと、金造は素直に答える。金造の別宅にあるそうだ。

昼食休憩のあと、午後1時から事情聴取が再開される。今度は取調官席に武井が座り、話を聴く。武井は、いつも取り調べでは無表情である。相手が答えるときの表情を観察する上で必要だと先輩に教えられ、いつの間にか身についたものだ。

「初めまして。南郷署刑事課一係の係長をしています武井です。私から聴きます。言いたくないことは言わないでいいですからね。宜しいですか」

「一係の刑事さんですか……」

そう言いながら、金造は眉間に皺を寄せて少し怪訝な顔をする。金造は、若い頃は村相撲の大関を務める力自慢で、暴れ者だった。喧嘩などで警察沙汰になったことは何度もある。また、政治家になって27年、国会議員、県会議員や町長選挙などでは、買収行為に関与し何度か取調べを受けたことがある。

旅行先で添乗員の尻を触り、強制わいせつ容疑で取調べを受けたこともある。この時は新聞にも載った。

幸い、逮捕されたり、起訴されて裁判を受けたりしたことはなかったが、刑事課の一係と二係の仕事の違いはよく知っていた。

「この前、深森町野末地区の中座集落で、芝木等さんと多美子さんご夫婦が殺されたのは知っていますよね」

「はい」

「失礼ですが、その日あなたはどこにおられましたか」

「翌日午後に聞いてびっくりしました。その前日の夕方から夜中ということなら、馬原の別宅にいましたよ」

「奥さんとか、誰か一緒にいましたか」

「いや、一人です」

金造の様子を見れば、居住まいを正している。先ほどの贈収賄取調のときの態度とはかなり違う。武井にも、本山にもそのことがよくわかった。

「ところで、その事件があったと思われる日の午後7時頃、あなたは芝木さん宅に電話していませんか？」

金造は驚いた顔をした。そのあと暫く考えていたが、

「よく思い出せない」

と答える。

武井は、金造の目を覗き込みながら聴いていく。

「その時間にあなたから芝木宅に電話があったことが、芝木宅電話機のディスプレイに記録されているんですよ」

金造は暫く頭を上下に振って考え込んでいたが、やがて顔を上げ、武井を見返した。

「確かに思い出しました。電話しています」

「どのような用件でしたか」

「6月議会の質問とかそんなものでした」

「具体的には、どんなものでしたか」

「うーん、思い出せません」

武井は本山に目配せした。そして、「ちょっと突っ込んでいいですか」と聞くと、本山は、「行きましょう」と応える。

武井は表情を作らないまま、じっと金造を見据えて、聴いていく。ゆっくりとだが、言葉は強い。

「その日の午後８時頃、今度は芝木さんから電話がありましたよね」

「そうでしたかね」

「令状を取ってＮＴＴを調べたら、その会話時間が15分ほどあります。会話の内容を覚えていないことはないでしょう」

これに金造は答えず、暫く沈黙が続く。武井は質問を変えた。

「事件の日の数日前、あなたは芝木さんを訪問していませんか？」

「いいえ、訪問していません」

「そうですか。あなたを確かに見かけた人がいるのですが……」

武井が畳みかけると、金造は言葉に詰まる。

「ああ、その日は、山菜を採りに行ったんじゃないかな……」

と答えるのがやっとだ。

「そうですか」

そう言いながら武井は金造の様子を見つめる。金造は、そわそわと落ち着きなく目を瞬かせていたが、やがて大きな吐息を一つつく。そして言った。

「刑事さんは、俺が芝木夫婦を殺した、と考えているんですか？」

武井は、はっきりと答える。

「あなたにもその嫌疑がある、ということです」

金造は上目遣いに、言葉を選ぶように話してきた。

「それを言われるなら、俺よりずっと怪しい人間がいます。その日、うちに芝木宅から電話してきたのは、中座集落に住む上村という男です。下の名前までは聞いていませんが……」

「上村と、15分間もなんの話をしていたんですか？」

「芝木夫婦と揉めている、というような話でした」

「どんな揉めごとですか」

「なにか芝木氏が、奥さんと上村の関係を疑って、三人で揉めているという話でした」

「なんで、あなたにそんな電話をしてくるのですか？」

「その場で、上村が『堀田金造の方がよほど怪しい』と言ったそうです。それで、電話してきたので、俺が芝木に『俺は関係ない』という話をしました」

ふむ、話として有り得ない話ではない。しかし、簡単に信用することもできない。ここは、再度聴き方を考えよう、と思い、武井は本山と席を変わる。

本山は代わり端《ばな》に強く言った。

「堀田さん。今の芝木さんとの話は本当ですかね」

金造は、「本当ですよ」と言う。

本山は言葉を重ねた。

「しかし、さっき小崎との話のときは、全く本当の話をしていないでしょう」

金造は、ぐっと言葉に詰まる。

「嘘つきの話を信用することはできませんよ」と本山が言うと、金造は慌てたように話し出した。

小崎が金を持ってきたのは、議決の2日前、議員控室である。

「助役選任の同意は宜しく」と言って、10万円の入った白封筒を置いていった。それ以上の詳しい話はしていない、とのことだ。

本山は手早く調書に取って、県警本部の捜査二課に届ける。南郷署を経由していては、時間がかかるからだ。これで、なんとか今日中の逮捕状発布には間に合う。

その日の調べはそこで終わる。金造以外の4人の議員はその日罪を認めなかったため、一応帰宅させる。翌日10時に再度出頭を求められていた。

その夕刻には小崎助役と堀田金造に対する逮捕状が発令され、午後10時に執行された。

上村の嫌疑

翌日の水曜日は、小崎の自宅や深森町役場を捜索し、関係資料を押収する。議会の日取りや議決事項を特定し、併せて戸部や他の各議員の日程、行動を裏付けるための資料収集が目的だ。また、金造の馬原の別宅から、日記が記載されたパソコンが押収された。

この日、小崎と金造は検察官送致準備があり、身上調書等の簡単な調べとなる。しかし、その他議員に対する調べは今日が天王山である。皆、小崎と堀田金造の逮捕を知って動揺していた。

中間派の議員、名を石井清というが、この男が最初に罪を認めた。どうも、石井は小崎と堀田金造が前日逮捕されるとは思っていなかったらしい。取調官から、

「堀田も認めたぞ。改めて聞くが、本当に金を貰っていないか。否認すると情状が悪くなるのはわかるな」

と言われて、驚いて白状する。

小崎本人が議員控室にやってきて、10万円の入った白封筒を手渡し、「助役選任同意の決議は宜しく」と言ったと認め、早速に供述調書を取られた。

残り3人のうち黒石議員も、その日の午後、石井が認めたことを聞かされて同じように罪を認めた。石井と黒石は、その日のうちに逮捕される。

残った2人はその日も否認を通し、帰宅を許されたが、動揺しているのが見てとれる。明日はもたないだろう、というのが取調官の一致した意見だ。

翌日の木曜日以降は、検察官送致手続きとか勾留尋問とかで、逮捕された4人は隈本市の検察庁と裁判所に出かける。残りの2人は当日も調べが続く。今日中には逮捕という結論を出す見込みで捜査員は頑張っている。

その合間に、当日調べをしている捜査員以外の者の多くが南郷署に集まって、再度会議を開く。午後1時の開始である。今日は吉井刑事部長、水谷捜査一課長、鶴山班長は欠席しており、河島次席からの話となった。

「皆さん、お疲れさま。お陰で小崎、堀田金造、石井、黒石の逮捕状も出て、今日、明日から10日間の勾留も認められる予定だ。他の連中も認めるのに、あまり時間はかからないだろう。あとは、堀田泰、最上にどう繋げていくかだね」

山下署長が続ける。

「贈収賄事件については、河島次席が報告したとおりだ。順調だ。また、芝木夫婦殺人事件については、相当の進展があったようだ。加藤課長に報告してもらう」

すると加藤が立って話し始めた。

「まず、昨日、一昨日の堀田金造の供述の経過を、担当した武井係長に報告してもらいます」

武井は瞑っていた目を開け、少し慌てたように立ち上がった。調べの経過を要約して説明する。皆「ほう」と言っている。

すると、加藤が付け加えた。

「つい先程ですが、重大な報告が鑑識から上がりました。芝木宅の茶碗等から採取された夫婦以外の指紋が、武井係長から提出を受けた、廃校体育館を訪問した地元民三人の指紋の一つと一致しました」

これには皆ざわめく。あちこちから、「これは決まりではないか」という声も聞こえる。武井は思わず口許を緩めた。

加藤は続ける。

「また、地元住民に対する事情聴取作業のなかで、この三人については、別途お茶やジュースなどを出して指紋を採取し、鑑識に廻しておりましたので、この対比の回答も来ました」

加藤は、そこで皆を見回して言う。

「それは、上村和生55歳の指紋でした」

そこで山下が話を引き取った。

「そういうことだ。容疑者が浮上したということだね」

山下の顔は心なしか紅潮しているが、言葉はあくまでも静かである。そこへ、県警本部捜査一課の内川班長が口を挟んだ。

「聞いたところでは、上村は独り暮らしだそうだ。家族は、遠くに兄がいるが、父母は死んでいて、妻も、子供もいないようだ。任意で事情を聞くのはいいが、一日で落とせなければ、逃亡の余地が高い。落ちなくても逮捕状が出ればいいんだが、それだけの証拠資料はあるのか？」

武井は手を挙げ、これまでの捜査を思い起こしながら、ゆっくりと言葉にした。

「今の時点で証拠となるのは、まず当日の上村宅と芝木宅との通話履歴があり、これは電話機に残された履歴とＮＴＴへの照会で確認できます。これと、当日芝木方の上村と電話で話したという堀田金造の証言、それと、当日現場の茶碗やコップに残された上村本人の指紋、これだけですね」

するど内川は首を捻った。

「それだけで逮捕状が出るだろうか。少なくとも現時点では、上村の動機が全く見えてこない。殺人事件では特に動機が大事だ。

それに、庖丁には上村の指紋は付いていない。逆に謂えば、殺人を考えていながらゆっくりお茶を飲み、指紋を残す人間がいるか、ということだ。もし、殺人を考えていれば、庖丁にも残さなかったように、茶碗やコップに指紋を残す筈がない。このままでは、余程の裁判官でないと逮捕状は出ないな……」

この言葉は皆の胸に響く。武井が原田の様子を見ると、顎に手を置いて天井を観ていた。

内川は続ける。

「それに、堀田金造だ。これも多美子との仲を芝木に疑われており、芝木方を事件の直近に訪問している。上村の電話の後、上村と行き違いに芝木の家を訪問して芝木夫婦と揉めた可能性も十分ある。上村と金造は、今のところ半々ではないか……」

確かにそのとおりだ。上村の指紋が出たといっても、喜び過ぎてはいけない。山下が皆を見回して言った。

「そういうことなら、もう暫く上村の動機を調べ、金造を追及してみないといかんね」

山下の顔の紅潮はすっかり落ち着いている。さらに上村、堀田金造と芝木夫婦の人間関係等について調べることとして、当日の捜査会議は終了した。

再検討

当日、原田も吉田も会議に出席していたが、発言はなかった。しかし、考えることはある。

亀沢はその日は車を運転して一人で来ており、帰りも運転なので酒は飲めない。そこで原田は、本山係長と寺井を誘って、以前亀沢班長と行った田楽料理屋に行くこととした。本山が「武井と畠中も誘っていいか」と言うので了解し、亀沢に頼んで若主人に電話してもらう。

本山たちは官舎に帰ってから店に行くというので、原田は吉田と二人、温泉に入ることにし、午後6時に店で落ち合うことにした。

温泉は、最初の捜査会議のあと、山下署長宅の宴会に行く前に寄った温泉にする。そこは、泉質もいいが、なにより景色がいいのだ。

さっと内湯で身体を洗った原田は、早速に露天風呂に向かう。浴場のドアを開ければ、目の前に、根子岳の姿が一杯に広がる。6月の風が、肌に心地よい。見れば風呂の脇に紫陽花の花が咲き誇っている。ピンク色の花弁は見られず、みな深い青色だ。この温泉は酸性だということをいまさらながら思い起こさせる。

肩まで湯に浸かっていると、吉田も入ってきた。少し減量しているようだ。

「なんか、締まってきたね」と原田が声をかけると、「ちょっと鍛えてます」と応える。実は、日帰り人間ドックの結果が悪かったようで、急に節制しているらしい。

原田のような酒飲みは、酒を控えると検査結果もすぐに改善するが、吉田のように酒を飲まない男は、節制も大変である。

吉田が一息つきながら言葉にした。

「いやー、この事件は考えると疲れますね」

これは贈収賄事件のことではなく、殺人事件のことだとわかる。

「そうだな。今日も聞いていて疲れた。まあ、このあとゆっくりしよう。頭にも、身体にも、温泉と酒が必要だよ」

「僕は酒飲めないので、半分しか休めないですよ」

原田は、ホントそうだったと改めて思いついた。それなのに、いつも運転させて、飲めない宴会に誘って、申し訳ないと思う。でも吉田は、口で言うほどではないらしいので、気は楽だ。

午後6時ちょうどに田楽料理屋「峠」に着く。亀沢が電話してくれていたお陰で、別室の囲炉裏に席が6席用意され、6人分の田楽が刺し立てられていた。半分ほど焼き上がっている。

皆、時間前に着いていて、原田と吉田が最後だった。早速瓶ビールを出してもらって乾杯する。冷えたビールは湯上がりの身に滲みる。酒飲みはこれだけでも有り難い。吉田は、この思いができないのだ。

本山と寺井は原田の旧知であるが、武井とはあまり飲んだことはない。しかし、原田と同年配で、二課と一課と畑は違うが、そこそこに事件を挙げていた。優秀な刑事だという評判は知っている。

畠中は、九州会事件で原田が刑事処分、懲戒処分を受けたとき、巡査部長として勤務していた隈本西署刑事二課の隣の刑事一課に新米刑事として勤めていたので、知っている。また、柔道をしていたので、一緒に稽古したことも、試合の打ち上げなどで一緒に酒を飲んだことも何回かある。ただ、一緒に飲むのは数年ぶりだ。

この前と同じように、若主人が牛肉と鶏肉を持ってきた。田楽が焼き上がる前に、五徳に渡した金網に載せて焼いて食べる。肉を焼くのは寺井と畠中の役割である。

原田が口を開いた。

「今度の事件は、なにか頭が疲れないかね？」

これに武井が応える。

「原田さんもそう思いますか。僕もそうです」

すると、本山が言葉を返した。

「そうですか。面白いじゃないですか」

寺井も畠中も、

「僕たちは面白いです。どこが疲れるんですか」

と口を揃える。

原田は武井に目を向けた。

「武井さん、あんたはどこに疲れますか?」

武井は原田に向き直った。取調べ時の無表情になっている。

「僕の想像を絶するところです。その一つは、傷の形状です。二度、それも20センチの深さで、正確に刺し直す、ということは理解できません。人間の仕業としてです。ほかに、被害者二人の死亡時刻の差と、旦那の方の凶器は残されていて、奥さんの方だけ無くなっているのが、どうしても理解できません」

原田も大きく頷き、細い目を瞬かせた。

「俺も、全くそのとおりだ。毎日考えているんだが、本当に頭が痛くなる」

武井が続ける。自問自答のようだ。

「でも、これは事実なんですよね。もしかして事実ではないのかも?」

これに、畠中が言葉を返した。

「二回刺した、というのは検視官か解剖医の見解でしょう。単に、刺した手が震えたとか、揺れたとかではないのでしょうか」

　本山も続ける。

「亀沢班長のお兄さんは高校の先生ですが、全国大会で優勝したことが何度もある剣道の達人です。亀沢さん宅でお会いしたことがありますが、剣道の突きなど、本当に狙うところにミリ単位以下で当たるそうです。剣道の達人ならできるのではないですか」

　これには何人か首を縦に振っている。寺井が、

「誰か言っていましたよね。死んだのも、暴行を受けたのも奥さんの方が早い。しかし、どのくらいの時間かはわからないですね」

と言うと、これにも頷く者がある。特に、無くなった凶器を誰が持ち去ったかだけは、どう考えても思い浮かばない。その持ち去った人物が犯人なのだ。

　皆、一様に考え込む。今日は酒を飲んでも、あまりいい考えは浮かんでこない。こんな日は身体と心を休めるに限る。原田は若主人に「神山」を頼み、皆でじっくりと味わった。

　すると、武井が皆を見回しながら言った。

「この事件は、最初４日間泊まり込みで調べました。また、事情聴取もしました。しかし事件直後は、僕たち警察も地元住民も昂奮しています。そろそろ落ち着いた頃でしょう。もう一度、現地に行って調べてみませんか？」

これには、皆ほぼ同時に、「あ、それそれ。いい考えだ」と賛成する。

原田が言葉を重ねた。

「この疑問は現場でしか解けない。もう少し、現場の聞き込みをする必要があるな……」

武井もこれに続く。

「殺人現場もそうですが、二人が過去に勤務した南郷市役所、深森町役場にも当たったらどうでしょう」

吉田からも声が上がる。

「娘さんや息子さんにも、じっくり聴いてみませんか」

翌日から各自手分けして当たることになった。

肉も田楽も食べ終わり、キビ飯と呉汁が出る。これを食べながら原田が微笑みかける。

「今日の二次会はどうする?」

すると本山が残念そうな顔を返した。

「いや、最近『瞳』のママさんが体調崩して、休んでおられるそうです……」

これは加藤から聞いた話らしい。原田は、内心で二次会への興味がさっと薄れるのがわかる。本山や、その他の者も同じようだ。

「じゃ、またの機会にしようかね」

原田はそう言って、その日はお開きとした。

新たな情報

原田と武井達が田楽屋で話し合ったことは、いくつかの新たな情報に結びついた。

まず1点目は、本山と寺井が担当した深森町役場職員に対する再度の事情聴取での情報である。

芝木多美子が職員として勤務しているときに、堀田金造がかなり好意を寄せていたということだ。金造は他の女性職員に言い寄ったこともあるが、多美子に対してはかなりしつこかったようだ。芝木が議員となっても変わらなかったと皆、断言する。多美子が53歳で早期退職したのは、金造が疎ましかったからだという声が職員間に根強かった。

2点目は、芝木夫婦の娘、中山佳代子の話だった。佳代子が薬剤師として勤務している隈本市東部の総合病院を、原田と吉田が訪問したときの話だ。

芝木家で最近、何か変わったことはないか、との質問に佳代子が思い出したように言う。

「それが、中座の家で初七日の法要をしたあと、片づけ物をして気付いたのですが、父が使っていたステッキがなくなっていたのです」

等は右足の膝が悪く、ここ2～3年、外出のときにはステッキをついていたそうだ。

原田が、

「それは、どんなステッキですか」

と尋ねると、

「いえ、手作りみたいなものです。ただ、鉄製で、少し重いものでした」

と答える。また、金目のものではなく、売っても鉄くずにしかならない、とのことだ。弟にも聞いてみたが、「そんなの持って帰っていない」と言ったらしい。

ふと、原田は頭を傾げてみせた。

「どうして、それが気になったのですか?」

すると佳代子は、少し顔をしかめながら、思い切ったように話し出した。

それによると、芝木等はこの2年くらい前から物忘れが酷くなり、認知症が疑われた。それに気付いた佳代子が、病院受診を勧めたが、等は頑として応じない。仕方なく様子をみていると、ある日、母の多美子が電話で相談してきた。その内容とは、「等が、多美子に男がいるといって、暴言を吐くようになった」というものだ。時折、物で叩くなど乱暴しようとするので、家の外に逃げ出すこともあるらしい。

その数日後、多美子からまた電話があって、「ひどく叩かれた」と言うので、片道1時間半の道程を車で駆けつけてみた。着いたときは収まっていたが、母は額に傷をつけており、「父さんに、ステッキで殴られた」と言っていた。父を叱ると、もう落ち着いていて、「すまん」と謝った。母も「大丈夫」と言うので、佳代子はそのまま帰った。

暫くして、あのステッキで本気で殴られたりしたら大怪我すると思って、佳代子はカーボン製の軽いステッキを買って、父に持っていった。そして、昔のステッキは玄関脇の傘立てに置いていたが、その昔のステッキがなくなっていたという。

佳代子は、ここで目を伏せるような仕種をした。

「で、母の傷があれだったでしょう。父に殴られての傷じゃないかと一瞬思いました。それで昔、父が母を殴ったことのある鉄製のステッキが気になって、探してみたのです……」

原田が黙って聴いていると、佳代子は上目遣いに原田を観て、言った。

「……でも、父も死んでいましたので、そんなことない、と思い直しましたけどね……」

原田と吉田は、先日取調べの際の芝木等の言動を思い起こしていた。今日の佳代子の話を聞けば、等が認知症を発症していたことは間違いない。

原田は佳代子の目を覗き込みながら、静かに聴いた。

「あなたが一瞬思ったというのは、そのステッキでお父さんがお母さんを殴ったのではないか、ということですか？」

「はい、そうなんです。で、初七日のあと改めて、そのステッキの行方が気になったのです」と佳代子は答えた。

次の3点目は、武井が中座集落に行って聴き出してきた。

それは、多美子の評判である。多美子は、頭が低く、よく気も付き優しい性格で、村人の評判が良かった。これに対し等の方は、家柄を鼻にかけるところがあり、吝嗇《りんしょく》である。加えて金貸しとしての強欲さは隠せないところがあり、村人の評判は良くない。特に、権蔵や等に山林など財産を取られたと思っている人は尚更だ。

しかし今回、多美子の評判は男性の間ではそのままだが、女性には微妙に違うものがあった。それは、多美子はどこか男に媚びるようなところがあり、村の男に言い寄られるのを喜んでいる、というものだ。住民の女性、何人からも聞かれた。

その中の一人は「ここだけの話だけど……」と前置きして、次のような話をした。

多美子は、朝、晩30分ほど、犬の散歩をする。太郎という柴犬を飼っている。太郎に紐を付け、その周りを茶柄とサバトラ縞柄の2匹の猫に歩かせながら、中座集落を通る道を、一番上にある芝木の自宅から、一番低いところにある村外れの元小学校の辺りまで行って、引き返すのがいつもである。

ところが何度か、村外れの元小学校近くの民家で、太郎が木に繋がれていることがあった。太郎はいつもおとなしく待っている。

ある日その女性は、特に所用もないので、そこで太郎の様子を見ていた。すると暫くして、多美子がその家から出てきた。その女性と顔を合わせてしまって、多美子は思わずどきりとしたようだ。

その女性は、

「顔が、紅くなっていたわね。なんかのあとみたい。ウヒヒ……」

と下卑た笑い声を上げた。その家の主の名は上村和生で、独り暮らしということだ。

そして、「ホント、ここだけの話ですよ」と念を押した。

武井が、

「その、ここだけの話を調書にしますので、署名と指印をお願いします」

と言うと、その女性は素直に応じたそうだ。


事件着手から3週間後の6月9日金曜日の午前10時から、南郷署で刑事部長も出席しての捜査会議が開かれた。

最初に贈収賄事件の報告が河島からあるが、こちらは既に全員金の授受を認め、順調に調べが進んでいる。ただし、堀田泰と最上の関与については、頑強に小崎が関係を否認していた。

堀田金造は、最上や堀田泰と面会した時期、場所について、日記を提出して関与の内容を供述しているが、堀田金造だけの供述に頼るのは危険だ。なんとしても小崎を落とす、という方向で進めている、とのことだった。

これに対し、芝木夫婦殺人事件については新たな情報もある。本山、原田、武井の順に、新たに入手した情報を報告した。

待ち兼ねたかのように吉井刑事部長が発言する。今日は、特に声が高い。

「上村和生と芝木多美子ができていた、という情報は大きいね。また、堀田金造が多美子に執心していたことも、同じくらい大きい」

内川一課特捜班長がこれに続ける。

「原田君の情報も、大きいよ。凶器がそのステッキならば、多美子を殺したのが等だという可能性が出てくるし、そうなれば上村の動機が説明できる」

鶴山二課特捜班長も言葉を重ねる。

「そうですね。等と多美子が揉めて、ステッキで多美子を叩き殺す。そのあと訪れた上村がそれを知って、等を刺し殺す。ステッキは上村が持っていって捨てた、という筋書きが立ちます」

すると、吉井が皆を見回した。鋭い、刑事の目つきだ。

「そうなると、堀田金造の電話がきっかけとして重要になる。金造が最初の電話で焚きつけた疑いが強い。この点、まだはっきりとしていないようだから、これからこの点を金造からきちんとした調書を取って、その上で上村の任意聴取に入る。

認めようと、否認しようと、その日のうちに逮捕する。これだけ状況証拠があるんだ。逃亡の恐れや自殺の恐れがあることを強調すれば、逮捕状は必ず出る」

そこまで黙っていた原田が、発言を求めた。

「上村を逮捕できるのはわかります。しかし、容疑は、堀田金造にも上村と同じ程度ありますよね。後日、上村を起訴できないとか、起訴しても裁判で無罪になる、という危険がありませんかね……」

するとと吉井が、ゆっくりと原田に向き直った。

「いいかね、原田くん。それでいいんだ。もし上村が犯人だったら、今、逮捕しないとどうにもならない。任意で調べれば、必ず逃走するか自殺するかだ」

また、水谷一課長もこれに続けた。

「不起訴や無罪を恐れてはならない。大事なことは真実を解明することだよ。上村を逮捕し、同じく逮捕されている堀田金造と交互に矛盾点をガンガンついていく。必ずどちらかが真犯人だ」

原田は大きく頷いた。これからの決意も新たになる。

最後に、吉井が捜査体制の若干の変更を指示する。堀田金造を本山と寺井、上村を武井と畠中が担当することとなった。

第3章　攻防

上村逮捕

その日の会議は比較的短時間で終わる。殺人事件捜査の方針は、上村を逮捕し堀田金造と同時に追及していく、ということとなった。

早速、上村逮捕に向けての手続きに入る。まず本山が、その日の午後、菊川署で堀田金造の調べを上村の動機の点に絞って行うと、金造は、確かにその日7時の電話で、多美子が上村と怪しい、という話をしたことを認めた。ただし、そのことを言うために電話したのではなく、あくまで6月議会の進行について話をしているときに、等が理由もなく金造を罵倒するので、ついそんな話をしてしまったと付け加えた。

金造が上村と多美子の関係を疑った理由は、村の女性と同じく上村宅での出来事を見かけたとのことだった。また、午後8時の電話は上村が芝木宅からかけてきたもので「いい加減なこと言うな」という内容だった。口げんかになったが、内容はよく覚えていないと言う。

早速この内容を供述調書に取り、山下署長、吉井刑事部長に電話で報告すると、翌日早朝から上村和生の任意同行を求めること、聴取と並行して逮捕状の請求準備をすることが指示される。

６月10日土曜日の早朝７時に野末地区中座集落の上村宅を訪れた武井、畠中他の捜査員が任意同行を求めると、上村は素直に応じた。特になんの用件かとの質問もなく、車の中では後部座席の中央に座り、左右を武井と畠中で挟む形となるが、上村は一言も話さず目を瞑っている。武井もこれに倣って車中は無言だった。

午前８時半から、南郷署３階の取調室で武井と机を挟んで対峙した。畠中は部屋の隅の補助官席に着いている。

「改めまして、南郷署刑事課の武井です。こちらは、同じく畠中です。今日は、芝木等さん、多美子さんの殺人事件についてお話を伺います。黙秘権がありますので、言いたくないことは答えなくてよいですよ」

武井がいつもの無表情で、型通りの挨拶をすると、上村は顔を上げて武井を見た。改めて見れば、中肉中背、取り立てて目立った容貌ではないが、目は細めで鼻梁が高く、浅黒い顔立ちである。歳は55歳とのことだ。

上村は武井に、「被疑者、ということですか」と尋ねてきた。武井は、「そうです」と答えて調べを開始する。

単刀直入に本論に入る。武井のいつもの聴き方である。

「あなたは先週、5月18日の木曜日ですが、夕方8時頃、芝木等さんのご自宅を訪問されたことはありますか？」

上村は無言だった。細い目を開けて、暫く武井の目を凝視していたが、やがて、

「よく覚えていません」と小さく答える。

武井が、「あなたがその時間に芝木さん宅にいた、と言う人がいるのですが」と聴くと、

「それは、誰が言っているのですか」と聞き返す。

「堀田金造という人ですが」

「そうでしたかね……」

と、上村は渋々認めた。

武井が続ける。

「どのような用件で訪問したのですか？」

上村は、これにも暫く間を置いた。

「芝木さんに呼び出されたのです」

「なんと言って呼び出されたのですか」

「用があるから、出てこい……だったですかね……」

「行ってみて、その『用』がなにかわかりましたか」

「ふーむ……」

そう言って上村は腕組みをした。答えがないので、武井が促す。

「なにか、芝木さんの奥さんとあなたの仲について聞かれませんでしたか」

「いや、答えたくないですね」

今度は武井の方が改めて上村の顔を見た。きっと口を閉ざし、背筋を伸ばしている。落ち着いた様子だ。

武井は前もって上村の犯罪歴を調べたが、検察庁に置かれた前科履歴にも、警察庁に置かれた犯罪履歴にも記載はなかった。

上村の経歴や職歴も大方調べている。地元小中学校から隈本市の県立工業高校に進み、その後、大阪方面の中堅建設会社に勤務して、50歳くらいに帰郷し、深森町馬原の堀田建設に勤めていた。

上村の犯罪歴を示す資料はない。しかし応答の態度で、警察の調べを受けた経験が何度もあることがわかる。建設会社であれば、談合とか、贈収賄とかだろうと想像がつく。

武井は少し話を変えてみた。

「あなたは、隈本工業高校建築科を卒業して、関西地方の建設会社に勤めていましたね」

「はい」

「なんという名の会社ですか」

「上坂建設という会社です」

「どの程度の規模の会社ですか」

「規模と言われても……」

「まあ、年間工事高では、どの程度ですか」

「だいたい2000億円台でしたかね」

「どうして仕事を辞めたんですか?」

するとと上村は、「話したくないですね」と口を噤んだ。

武井はまた話の向きを変える。

「隈本に帰ってこられた理由はなんですか」

「まあ、仕事もないし、独り暮らしの母が病気になって介護の必要もあったからです」

「お母さんはまだお元気なのですか」

「3年前に、死にました」

「そうでしたか……」

暫く間を置いて武井は話を戻す。

「その日の午後8時頃、あなたは芝木さん宅の電話で堀田金造さんと話をしていませんか?」

「はあ、話したですかね……」

「堀田さんはそう言ってるんですが」

「じゃ、そうでしょう」

「内容は、どんなものですか」

　これにも上村が聞き返す。

「堀田金造さんは、なんと言ってるんですか？」

「あなたのご記憶をお聞きしたいんですが」

「なにか、ぎゃーぎゃー言ってましたね。よく覚えていません」

「芝木さん宅には、何時頃までいましたか」

「電話が終わってすぐに出ましたので、８時半頃までです」

「そこから、どこへ行きましたか？」

　これにも上村はすぐには答えない。

「……最近、忘れますね。歳です。よく覚えていません」

　そこで武井は次の質問に移ることにした。

「芝木さん宅を出るとき、等さんと多美子さんはどうされていましたか？」

「どうされていたといって……どんな意味ですか？」

「その日、芝木さん御夫婦は亡くなっているんです」

「……もちろん、等さんは生きてましたよ。でも、多美子さんとはその日は会っていないですね」

「多美子さんはどこにおられたのですか」

「知りませんよ。でも、芝木さんが『喧嘩した』と言ってたので、子供さんのところに行っているものと思っていました」

そこまでの話を調書に取って、署名、指印を求めると、上村は素直に応じた。武井はその供述調書を持って刑事課へ行く。

加藤が逮捕状請求書類一式を用意していて、その証拠資料に上村の供述調書も加えられる。犯行時間に芝木宅に上村がいた、なによりの証拠になるのである。

その日午後8時に逮捕状が南郷署に届き、執行される。上村和生の留置場所は南郷署に指定された。

堀田金造の再聴取

上村の調べの結果は翌朝、本山と寺井に説明される。そのあと二人は菊川署に向かい、堀田金造を取り調べることにした。

まず本山から聴いていく。

「堀田さん、５月18日木曜日の夕方のことをお聴きしますが、あなたが電話した用件をもう一度説明してください」

「はい、６月議会の質問のことです」

「そうですか。そうではなく、あなたが警察から事情を聴かれていた、議長選任決議にともなう贈収賄のことではないですか？」

　これには堀田金造は返事ができない。本山が質問を重ねる。

「芝木さんがあなたに喧しく言ったというのは、その件ではないのですか？」

「いいえ、警察の人に、その件を皆で話し合ってはいかんと釘を刺されています。あなたにも言われていますよね」

「そうですか。あなたは、私や警察の人の言うことを守っていたのですか」

「もちろん、そうですよ」

「議長選挙の時期に渡った金の件で、あなたが他の議員や町長たちと話したことはないのですか」

「…………」

　これに金造の答えはなかった。

「８時頃あなたの家に芝木宅からかかった電話ですが、電話してきたのが上村という男であることは、本当ですか」

「はい、そうです」

「上村は、8時半頃には芝木宅を出た、と言ってるのですが、その後あなたが芝木宅へ行ったことはありませんか」

「いいえ、行ったことなどないですよ」

本山は、じっと金造の目を見る。そして一拍置いて声を落とした。

「では、どこにいましたか」

「……ずっと朝まで家にいました」

「そのことを、誰か証明してくれる人がいますか」

すると、金造は、

「そんなことを言われても……」

と、黙り込んでしまった。

本山の質問は更に続く。

「あなたが多美子さんに横恋慕していた、と言う人は多いんですがね……」

「え……誰がそんなことを言うんですか」

「まあ、役場の職員とか、中座集落の住民とか多いですよ」

金造は下を向いて、頭を左右に振りながら舌打ちしている。本山はすかさず畳みかけた。

「あなたが夕方7時頃に芝木さんに電話したのは、多美子さんと上村が男女の仲だ、と告げ口するためでしょう」

　金造は、俯いたまま答えない。

「それで芝木に呼び出された上村と、電話口で喧嘩になったのではないですか?」

　金造は、左右に首を傾けている。本山の声は、次第に大きくなっていく。

「いいですか。上村には芝木等はともかく、多美子さんを殺す動機が全くない。多美子さんを殺す動機があるのは、あなただけです」

　そこで金造が顔を上げた。やっとのように声を絞り出す。

「どんな動機があるというのですか?」

「あなたは永年、多美子さんに言い寄っていました。事件数日前も芝木宅を訪問しています。多美子さんに冷たくされていたのも再三見られています。立派な動機ですよ」

　金造は暫く考えていたが、本山に大仰に頭を下げた。そして言う。

「ちょっと頭が混乱して、考えがまとまりません。少し、休ませてください」

　折から時間も正午を過ぎ、壁の時計は1時に近い。本山は昼食時間として暫く休憩し、午後からの調べは午後2時に開始することとした。

　スーパーで買ってきた幕の内弁当を食べながら、本山と寺井が午前中の調べを振り返る。

寺井が言った。

「先輩、今日は追い込みましたね。金造は答えられなかったですもんね。聞いていて気持ち良かったです」

本山は笑顔を見せる。

「ふふん。いつまでも調子に乗せてはおかないよ。今日は追い込んだ。金造が落ちるのも近いね」

寺井も手応えを感じているようだ。言葉が弾む。

「そうですね。多美子さんを殺す動機は、上村にはありませんもんね。あるとすれば金造だけですよね」


調べは午後2時に再開される。冒頭、金造が言った。

「その日、その時間に、別宅で何人かと電話で話をしています」

「それは誰とですか?」

本山が訊くと、金造は指を折る仕種をしながら答えた。

「議員の黒石、戸部、それに助役の小崎、あと最上町長、甥の堀田泰です」

ここで本山は「ふふん……」と鼻で笑ってみせた。

「どんな用件の電話ですか」

と問いを重ねるが、金造は答えにくそうにしている。

やがて、

「まあ、助役選任のこととか、議長選挙のことです」

と金造が小声で言うのに、本山は厭味を込めて言葉を返した。

「ついさっき、警察の人に釘を刺されているので関係者の間で話をすることはしていない、と言ったばかりじゃないですか」

「……芝木とは話していないのですが……」

「まあ、いいでしょう。その電話した時間とか、わかるものがありますか？」

「はい、日記帳が押収されていると思うのですが、そこに書いています」

本山は、金造の別宅から押収したパソコンから出力した日記を、南郷署刑事二課からＦＡＸしてもらう。全体は数百頁に及ぶ膨大なものなので、送ってもらうのは、事件当日とその前後の数日分とした。

日記を見ながら金造が説明する。

「ここに、時間が書いてあって、○で囲った文字、これが電話した相手です。○コ、と書いているのが小崎、○クと書いているのが黒石、○トと書いてあるのが戸部です。また○モは最上、○ヤは堀田泰です」

本山と寺井が見ると、確かにそのような記載がある。本山が、

「戸部たちに聴いてみなければいかんな……」

と独り言をすると、寺井が話を引き取った。

「はい、了解しました。でも口裏を合わせているかもしれないので、NTTに照会する必要があります」

本山も了承し、早速南郷署に電話して手配を依頼した。NTTからの回答には1週間以上かかる。また一方で、寺井が戸部他の取調官にも問い合わせをする。これも回答は明日以降となる。

その上でまた調べに戻る。

「あなたが言いたいのは、アリバイがある、ということかね」

「はい、そうです」

「ではその会話の内容を話してもらおうか」

金造は説明する。戸部や黒石、小崎から電話があったので、金造が警察に聴かれていることを掻い摘んで話した。最上と堀田泰には、心配しているだろうと思って、こちらから電話して状況を説明したとの話だ。

「それが、証拠湮滅というんですよ」

本山が言うと、金造は下を向いて黙っている。殺人の嫌疑を払うためには仕方がないと思っているようだ。

その日の調べを終えようとすると、金造の方から話しかけてきた。

「上村と話しているとき、電話口の向こうで芝木等の興奮ぶりが尋常ではなかったんです。俺には、芝木が嫁さんを殴り殺して、上村が芝木を刺し殺したとしか思えないですがね」

これには、本山はなんとも答えない。寺井が、「はい、はい」と言うと、金造は露骨に嫌な顔をした。

上村への追及

翌日朝に、本山から昨日の金造取調べの状況を聞いた武井は、午前9時から上村の調べに入る。今日は午後から検察庁送致が待っているので、調べ時間は午前中だけとなる。

金造の別宅の電話の発着信履歴は、ＮＴＴからの回答には1週間以上の時間がかかるが、戸部、黒石、小崎の供述では、午後9時から午前2時頃までの時間に、金造との会話があったことを認めた。これがＮＴＴの回答で裏付けられれば、１００％とまではいえないが、金造のアリバイは、ほぼ成立である。

武井が取調べの口火を切る。

「上村さん、今日は本当のことを言ってもらいますよ」

すると、落ち着いた声が返ってくる。

「本当のことを言っていますが」

逮捕されたのは初めての筈だが、肝が据わっているな、と武井は思う。今日は事件のことはおいて、上村の身上、経歴について補足して聴くこととした。武井も、微笑んだり、目を丸くしたり、少し表情を作る。ゆっくりと話を交わし、被疑者の気持ちに入り込むための工夫だ。

今日は、上村は素直に話に応じた。やはり逮捕されてみて、自分の立場がよくわかったとみえる。

上村は深森町野末地区、中座集落の生まれである。地元の小、中学校を経て、隈本市の県立工業高校を出た後、関西地方の中堅ゼネコンに就職した。

最初は技術職だったが、そのうち営業の才覚を見込まれて営業職に転じ、30歳代で営業所長になり、40歳代後半には、関西地方のある県の支店長にまでなった。高卒という学歴からして異例の出世である。ところがその支店長時代に、支店管内のある大規模工事に絡んで問題が発生した。端的にいえば暴力団が介入したのである。上村は言いにくそうに、その経緯を簡略に話す。

上村はこれまで、営業職として裏社会との汚れ仕事も嫌がることなくこなしてきた。暴力団組員とも、知らず知らず近しくなる。

その頃、暴力団対策法が施行され、暴力団と企業との関係が問題視されるようになった。上村は、暴力団との関係を断ちたい会社の意向で、退職を勧奨され、これに従った。50歳になったばかりだった。

上村はそれまで仕事に手一杯で、結婚もできなかった。会社と結婚したような気持ちだった。しかし妻に見放されるより簡単に、上村は会社に見放された。

退職金は随分と上乗せしてもらい、また、水面下で再就職の世話をするとの話があったが、まだ母が存命だったので、介護も兼ねて野末地区中座に帰郷した。その後、人の伝《つて》で実家から通える深森町馬原の堀田建設に勤めている。

母は3年前に死亡した。関西地方の都市銀行で支店長をしている兄と二人兄弟だが、兄は関西地方で妻子と生活し、母の葬式以来、会ったことはない。

上村は淡々と答えるが、建設会社の営業所長や支店長時代のことを詳しく聞こうとしても、嫌な顔をして答えない。退職のきっかけとなった暴力団問題について尋ねても、答えようとはしなかった。ただ刑事事件にはなっていない、と言う。

やがて芝木多美子との関係に質問が及ぶ。これには上村和生は素直に答えた。どこか遠くを見るような顔をして、話をしていく。

多美子を最初に見たのは、帰郷後の地区寄り合いがあったときだ。和生の歓迎会も兼ねていた。一目見て「綺麗な人だ」と思った。すらりと背が高く、色白で、切れ長の目をしている。話し方も控えめで、和生が学生時代に好きだった他校の女子生徒に似ていた。そのとき話は交わしていない。

和生は結婚したことがない。就職してからは仕事一途の人生だった。忙しくて、女性に話しかけたり交際したりする暇などなかった。女性と付き合いたい、子供が欲しいと思ったこともなかった。性欲は人並みにはあったが、会社交際費で客を案内する個室浴場での時折の体験で十分だった。

和生が多美子と最初に話を交わしたのは、母が死んだ年のある秋の夕暮れだった。和生が自宅、といっても、玄関台所の他には6畳二間に4畳半一間のあばら家であるが、その庭の椅子に座って微睡《まどろ》んでいると、前の小道を犬を連れた女性が歩いてくる。

ふと目が合うと、女性は立ち止まって頭を下げ、声をかけてきた。

「もう、落ち着かれましたか」

これは母の死を悼んでくれているのだ。和生が見返すと、周囲に茶柄とサバトラ縞柄の猫が、長い尻尾をピンと伸ばしてこちらを見ている。

和生は微笑んだ。和生も、子供時代は犬も猫も大好きで、代替わりはするがいつも家にはどちらか何匹かいた。母が身体を壊すまでは猫がいたが、その猫がいなくなってからは飼わなくなっている。

和生も挨拶を返す。

「有り難うございます。もう大丈夫です。その節はお世話になりました」

その場での会話は、確かこれだけだったと思う。

その後、何度か多美子の散歩に行き合った。簡単な挨拶を交わす。そのうち、家にいるときはその時刻になると、和生は庭に出ているようになった。

やがて会話も取り留めのない話から、少しずつ立ち入っていく。和生は、関西時代の話なども差し支えない程度に話すようになる。すると多美子も、少しずつ家庭の話もするようになる。言い辛そうにしながら、等や舅の権蔵の話もするようになった。

その頃、和生がお茶を勧めたことがある。多美子は二つ返事で応じた。部屋の中に招じ入れると台所の流しに汚れたままの食器がある。男所帯なのだ。

多美子は、「あれあれ」と言いながら手早く洗って、居間の炬燵に座った。その頃はもう初冬となっており、夕方となれば冷気が強い。

そのようなことがあってから、時折、多美子は和生の家に上がって、お茶を飲んでいくようになった。どうも、それは等の不在中らしかった。

家に上がってからの話となれば、次第に深いものとなる。和生が会社を辞めた経緯を話すと、多美子は自分のことのように憤った。

また、多美子はこれまで等を好きになったことがない。親の勧めで等と結婚したが、どうも多美子の親が権蔵から金を借りていたらしい。等が多美子を見初めて結婚を申し込み、多美子の両親は断りきれなかったようだ。

最近、多美子に愛情がないことに等は気付いたようで、他に女を作っているらしい。そのこと自体には、多美子はなんとも思わない。でも等は、そのことにも苛立つようで、最近はネチネチと事あるごとに厭味を言う。

何度か話を交わすうちに、男女の垣根を越えるのに時間はかからなかった。前世からの因縁、必然のことのように思える。

その日、多美子が和生の家を出ると、玄関で犬の太郎と猫達が背筋を伸ばして待っていた。それを見た多美子が、「なにか結婚式のお客さんみたいね」と言ったのが、和生には忘れられない。

今日はここまでの調べとなる。供述調書は取らない。武井にとってこの話は意外だった。上村と多美子が男女の関係であることは聞いていたが、お互い55歳と56歳だ。火遊びのようなものと思っていたが、立派な恋愛物語である。青少年の純愛とどこが違うのか、と思ってしまう。

いずれにしても、今日までの話では、多美子に対する上村の殺人の動機は殆ど希薄となる。逆に、等に対する殺人の動機は、ますます強く推察されるな、と武井は思った。

怨恨

上村の調べが本格化する6月12日の月曜日、原田と吉田は吉井刑事部長に呼び出された。県警本部6階の刑事部長室である。

20坪ほどもある広い部長室に入ると、部屋中央の10人掛け楕円テーブルに、金融特捜班長の坂上警部が座っていた。窓際の机から吉井が立ち上がって原田と吉田に席を勧める。坂上と原田、吉田が向かい合い、その左側に吉井が座る形になる。

吉井が言った。

「贈収賄事件の進展はどうかね」

「はい、まだ小崎の上の町長などの問題が残っていますが、僕たちの担当の戸部は完全に終わっています。手持ち無沙汰というところです」

原田が答えると吉井が微笑む。

「それは丁度よかった。いや、今日まで坂上君に芝木等の金融業の内容と、恨みを持つ被害者というか、債務者を調べてもらっていたんだ。面白いことになった。坂上君、説明してくれんかね」

「はい、了解です」

坂上が話を始める。

芝木権蔵と等親子の金貸し業は、戦後すぐに始まっている。最初は林業作業員相手の小口だったようだが、そのうち林業関係の事業者、建設業者などに手を広げた。ただし、事業者に手を広げると同時に個人相手は少なくなり、昭和40年代には事業者だけになっている。その事業者も、林業や製材業など山林関係者が多い。

利息は、年代で違うが高利貸しの中ではあまり高くない。一番高い時期でも年5割を越えることはなく、ここ10年～20年は、年3割6分、月3分のようだ。

特色としては山林を担保に取ることが多い。そして取り上げたことも多い。現在芝木家名義となっている山林は100町歩を優に越えるが、昭和20年代は20町歩ほどで、当時の山地主としては特に大きくなかった。結局80町歩くらいは、その後、他人から取り上げたことになる。

山林を取り上げられた者の名前は、土地登記簿謄本を取れば前所有者の名が記載されている。およそ30人はいる。

その中に、飛び抜けて多くの山林を取られた者がいた。その人物は、深森町野末地区上座の小平という。古くは平家に繋がる旧家らしい。

そこで吉井が坂上から話を引き取った。

「わかるだろ、原田君」

「はい、芝木に恨みを持つ人物にはなり得ますね。で、その小平氏は今どうしているんですか」

これに吉井が大きく顔を縦に振りながら答える。少し、声が高い。

「それがだな、３年前に死んでいるんだ。それも、自殺だ」

原田と吉田が「ほう」という声を出す。吉井は続ける。

「また、その奥さんがだな、１年前に自殺しているんだ」

これには、原田と吉田は思わず息を呑んだ。これを見た吉井は大きく頷く。また坂上の方に目を戻すと、坂上が説明を続けた。

「ここまでは、土地登記簿謄本とそこに記載された人名の戸籍謄本を取って判明したことだ。しかしこれからは、その人物、関係者、場所など、直接の調べとなる。吉井部長はその調べを君たちに、と仰っている」

吉井を見れば、二度三度と頷いている。そして言った。

「これは殺人の調べだ。金融特捜の仕事とは違う。山下署長と河島次席には俺から話しておくから、明日から二人でこの捜査に専念してくれ」

二人は、「わかりました」と即諾する。

ふと、原田が言った。

「加藤課長や、武井係長、本山係長などにはどう言いましょうか？」

　すると吉井は即座に言った。

「いや、あっちはあっちで今のペースで調べた方がいい。あまり多くの情報をやると混乱してしまう」

　原田にも、吉田にもその意味がよく理解できる。当面、南郷署の上村、堀田金造の調べとは連携を取らず、調べを進めることとした。吉井はこのような捜査手法をよく用いてきた。そして、業績も上げてきている。

上村和生と堀田金造

　上村の調べは、13日火曜日はできなかった。勾留尋問での裁判所出廷と、上村自宅、芝木宅の捜索や検証立ち会いのためである。

　その合間に武井と畠中は、鑑識課員の立ち会いのもと、南郷署に押収してある堀田金造のパソコンを見せてもらった。

　日記自体は5年分で、1年分ずつファイルに入っている。殺人が起きた日の前後の日時のファイルを開けてみる。新たな情報を入力しないよう、細心の注意を払う。

　見てみると、確かに、出力された日記帳とパソコンの日記は符合している。まあ、当たり前である。

また、議長選挙に絡む収賄事件のあった3年半前、助役選任同意決議のあった1年前の部分を対比しても、符合している。

「……しかし、パソコンはいつでも書いたものを変更できるもんな……」と武井が考えていると、畠中が大きな声を出した。

「これ、見てください。4年前と、去年と、今年の分の日記ファイルは、最終更新日が今年の5月29日になっています。これは、堀田金造が逮捕される前日です」

鑑識課員も画面を覗き込む。

「そうですね。だとしたら、この3年分は、今年の5月29日に手を加えてありますね」

武井が訊いた。

「どこに手を加えたか、わかるね？」

鑑識課員は答える。

「まあ、最終的変更部分から2回までは、この『戻る』を押せば戻ります。しかし、押収品に手を加えることになりますので、勝手にはできません。鑑定が必要になります」

「では、その2回分以前はどうなるのか」

「はい、パソコンの通常の操作では戻せませんが、ハードディスク自体を調べれば判明します。これも鑑定が必要になります」

武井はあまりメカには詳しくない。

「なんで消された情報が復活できるの」

と尋ねると、鑑識課員は丁寧に説明してくれた。

「パソコンは、情報を積み重ねていくだけで、その情報を消すことはできません。情報の消去というのは、その情報に鍵をかけて、表に出さないようにしているだけです」

「すると、パソコン自体には、それまで打ち込んだ情報、消去した情報が、全部残っているということか」

「はい、ハードディスクにですね」

武井はわかったような、わからないような気がする。また訊いてみる。

「で、その鑑定にはどのくらい金がかかるの？」

「はい、だいぶ安くはなってますが、１００万円単位の金がかかるでしょうね」

それでは簡単にはできないな、と武井は思う。最近、捜査経費も削られてきているのだ。

その日の午後、武井と畠中は菊川署での堀田金造の調べを見に行った。寺井の代わりに武井が補助官席に座って、本山の調べを聴いていく。本山は、この日は贈収賄ではなく、殺人に関連する事柄を質問していった。武井に対する配慮である。

金造の話は、昨日までと殆ど変更はない。そこで、武井が取調官を本山と代わってもらった。

「堀田さん、5月18日の行動は日記に記載しているとおりですか」

「はい、そのとおりです」

「日記は、毎日書くのですか」

「いえ、1日おきだったり、2日おきだったりしますが、3日も空けることはありません」

「そうですか。日記を書いた後日になって、書き加えたり、削ったりしたことはありませんか」

「まあ、読み返していて、誤字とかあったときには訂正することはありますが、他にはありません」

そこで武井は、金造の目をじっと見つめて言った。

「堀田さん、あなたの日記の今年分、昨年分、4年前の分は、あなたが逮捕される前日の5月29日に修正されているんですが、なにを修正したか覚えていますか？」

これに金造は明らかに動揺した。もう72歳である。パソコンを使いこなしている気持ちでも、その仕組みまではよく理解ができていないらしい。

「え……、別に書き換えたりしてませんよ」

「いや、わかるんですよ」

金造は考える。確かに、日記をいじって書き加えたり消去したりしたが、消去した分は、何回も「戻る」のキーを押して、復元されないことを確認している。武井が言うのはカマ掛けだと確信した。

「してません」と断言する。

武井は、堀田金造はとことん嘘つきだ、と確信した。しかし、電話相手によるアリバイは動かないのである。


翌14日水曜日、武井と畠中は上村の取調べを再開する。午前9時からの調べである。

「上村さん。今日はあなたが芝木さん宅を出てからのことをお尋ねします」

上村和生は、この二日、考えてみた。俺より先に、堀田金造の調べがあったのは聞いている。そもそも、芝木宅から俺が電話したのを警察に話したのは金造だ。

その日、俺は金造の家を訪ねた。そして夜半過ぎまで話し込んだ。多美子から手を引き、等夫婦に口出ししないよう、何度も頼んだのだ。

しかし金造は、多美子のことにはなにも触れず、逆に俺のことを脅してきた。

「堀田建設が、社員と深森町会議員の妻との不倫を聞けば、どうなるかな……」との言葉だ。

しかし、そんなことは怖くない。ただ、なんとか多美子を守らなければと思って、我慢強く話し続けたのだ。

その日、金造宅に行くなどせず、芝木の家の中を、多美子を、探すばかりだった。それをしていれば多美子は死なずにすんだかもしれない。

多美子を殺したのは、金造ではないのか。金造にはその日、事件を起こす時間がある。また自身でなくとも、誰か他人を使って殺すこともできる。関西地方では何度か見てきた。金造も、裏社会にどういう付き合いがあるか知れたものではない。

俺は、何度も警察に調べられたことがある。しかし、事件になったことはない。それが俺の誇りだ。

危ないことは何回もあった。いつも心当たりがあった。そんなときは、とにかく黙って、様子を見る他ない。嘘を言って誤魔化そうとか、理屈でやり込めようとか、決してしてはいけない。これは、闇の世界に深い繋がりを持つ、ある会社の先輩の教えだ。俺はこれを忠実に守った。だから、無事ここまで来られたのだ。

しかし、心当たりのない疑いを掛けられたときどうするかは教わっていない。まあ、否定するしかないので、特に教えてもらえなかったのだろう。今度のことは心当たりがない。さあ、どうするかだ。

取り敢えず、本当のことを堂々と言ってみるしかない。そう思い、上村は答えた。

「そのあと、馬原の堀田金造さんの家に行って、夜中の3時過ぎに帰りました」

これには武井も、畠中も驚く。堀田金造からはそのようなことは聞いていない。もし、それが事実ならば、金造は、自分のアリバイを主張するために、まず最初に言う筈だ。しかし金造のことだ。なにか考えがあって言わないのかもしれない。

畠中が言う。

「本山係長に電話してみましょうか?」

確かに、それが一番早い。そう思って、武井は菊川署の本山に電話する。急用と言うと、本山は調べを中断して電話に出てくれた。

上村が言ったことを話すと、本山も驚く。「すぐに堀田に確認する」と言って電話を切り、暫くして返信があった。

「堀田は、そんなことはない、と言いますよ」

武井は、すぐには言葉が出ない。黙っていると本山が続ける。

「堀田の日記を念のため見直しましたが、電話の件は書いてありますが、上村が来たことは書いてありません」

「そうですか……」

この上は、さらに上村に聴くしかない。本山からの回答を上村に告げると、上村は暫く絶句した。

「ということは、あなたが嘘を言っていることになりますね」

武井のその言葉に、上村はきっと武井を睨み返した。思わず、背筋が冷たくなるような視線だ。

「そういうことなら、なにを話したらいいのかわかりませんので、これから黙ります」

そう言って上村は沈黙した。

「黙秘する、ということですか？」

と武井が訊いても答えない。それから約1週間以上の間、上村は黙秘を通した。

アリバイの成立

その間、上村は考える。これは堀田金造が俺を芝木殺しの犯人に仕立てるつもりだ。自分が犯人なのを隠すためめか、単に俺を陥れるためかわからないが、そのことは確かだ。

では、どうするか。芝木等が殺された時間に俺が金造宅にいたということは、金造だけが知っている。他に誰も知らない。金造宅に行く途中で、2回ほど人に道を尋ねた。しかし、その人が誰か、今から調べようがない。警察に言っても、調べてくれる筈がない。

そうだ、弁護士がいる。しかし、関西地方ならともかく、こっちには弁護士の知り合いはいない。金ならなんとかなる。100万円か200万円くらいは貯金があるから、誰か引き受けてくれる人がいるかもしれない。

そう思って上村はある日、留置管理係の署員に、「誰か弁護士に面会してもらえないか」と相談した。するとその署員は、「当番弁護士という制度ができたので、それで頼んでみたらどうか」と教えてくれた。

これは当時弁護士会が全国的に始めたもので、逮捕された被疑者の要望があれば、一度だけ無料で面会してくれる制度である。その頃はまだ被疑者段階での国選弁護制度がなかったので、重宝されていた。

早速、上村が頼んでみると、その日の夕方弁護士が留置場所の南郷署を訪れた。面会室でアクリル板越しの面談となる。

その弁護士は、50年配の背の高い痩せた男だった。あまりやる気があるようにはみえない。形どおりの挨拶をして、名も名乗ったようだが、声が小さくて上村にはよく聞き取れなかった。

まず事件の内容を聞かれる。上村は逮捕状に記載された事実を思い出しながら、自分が受けている嫌疑の内容を説明した。

すると、その弁護士は、「で、あなたはその殺人の事実を認めているのですか、否認しているのですか」と訊いてくる。

もちろん、「やってませんから、否認しています」と答える。弁護士は、「そうですか」と淡々としている。その上でまた尋ねた。

「それで、あなたが弁護士の私に、今、一番訊きたいのはなんですか?」

上村は、犯行時間に自分は堀田金造という人の家にいたこと、しかし、堀田金造は上村がその場にいたことを否定していることを話す。すると弁護士は、首を捻りながら訊いてきた。

「堀田さんは、どうして嘘を言っていると思いますか」

上村は、「少し時間がかかりますが」と断って、自分と被害者多美子の関係、堀田金造と被害者夫婦の関係、特に、金造が多美子に横恋慕し、当日、上村と多美子の関係を夫の等に告げ口したのがその日の発端であることを話していった。

弁護士は途中から興味を持ってきたようだ。「ふん、ふん……」と相槌を打ちながら聴き入っている。

上村の話が一段落すると、弁護士から尋ねてきた。

「あなたが訊きたいのは、あなたのアリバイ、つまり、犯行時刻に堀田金造氏の家にいたことをどうやって立証できるか、ということですよね」

「はい、そうです」

上村は、弁護士にすがるような視線を向けた。弁護士はその視線を外して、

「ふーむ、堀田氏がアリバイを証言してくれないのか……」

と言いながら考え込んでいる。数分間が経ったが、上村には非常に長い時間に感じた。

やがて弁護士は、上村に向き直るような仕草をして、言った。

「いくつかお訊きします。あなたが堀田氏の家に行ったのは、その日が初めてですか？」

「はい、初めてです」

「その家の玄関の様子、家の中の様子、話をした場所、の記憶はありますか？」

上村は考えてみる。なんとか思い出せそうだ。特に、5月になってもまだ電気炬燵があり、そこで話をしている。

「はい」と答えると、弁護士が質問した。

「家にいるとき、なにか出来事がありませんでしたか。たとえば来客があった、とか、誰かから電話があった、とかですが……」

上村はこれもよく覚えている。金造は上村の応対をしながら、何件かの電話を受けていたのだ。また、何件かは金造の方から電話している。

そう答えると、弁護士は小さく頷いてみせながら、言葉を続ける。

「なにか、そのときの様子で記憶にあることは他にありませんか？」

上村は考えていたが、ふと思い出した。その家は小さい小川のほとりにあり、数日来の雨でかなり増水していた。役場と思われるが、洪水に注意するように、早めに避難場所に避難するように、との有線放送の声を聞いたのである。また、夜半前には突然雨が上がり、上村が帰る頃には、避難解除の有線放送があった。

上村の答えを聞いた弁護士は、二度、三度と顔を大きく縦に振った。満面の笑顔をみせながら、言う。

「まず、あなたがそれ以前に堀田氏宅に行っていないことをはっきりとさせてください。

捜査官を通じて堀田氏に確認することです。

その上で、あなたが今話されたことを捜査官に説明すれば、立派なアリバイになります。これは、あなたがその日、その場にいない限りは知ることができない事実です。いいですね」

上村は、「はい」と答え、弁護の依頼ができないか聞いてみたが、弁護士は顔を左右に振って応える。

「そのことをきちんと話せば、検察官はあなたを起訴できません。もし、起訴されたらまた連絡ください」

また去り際に、

「それから、なんで堀田氏がそんな嘘を言うのかは、今は詮索しない方がいいでしょう。自分のアリバイの説明に集中することです」

と注意して帰って行った。


武井は、数日、上村の調べを休んだが、勾留延長を契機に調べを再開する。６月22日のことだ。上村を調べる時間は、検察庁と合わせてもあと10日しかない。

いつものように朝９時に取調室に入ると、上村の方から話しかけてきた。

「堀田金造に、僕が堀田宅に行ったことは一度もないのか、まず尋ねてもらえませんか。

そしたら、今日から調べに応じます」

そのことは武井も金造に訊かねば、と思っていた。調べを中断し、菊川署へ飛んで金造を尋問する。

金造の答えは、

「その日も、他の日も、上村が馬原の別宅を訪問したことは、一度もない」とのことだった。早速、その旨の短い供述調書を作成して南郷署に引き返す。

午後からの調べとなる。武井から金造の供述内容を聞いた上村は、背筋を伸ばして話し出した。

「いいですか。これから、僕が当日、堀田金造の家にいたことを証明します。聞いていただけますね」

もちろん、被疑者の言い分に耳を傾けるのも取調官の務めだ。武井と畠中は、しばし聞き役に回る。

上村は、ゆっくりと話し出した。

「僕が堀田氏の家に行ったのは、その日が初めてです。場所を知らなかったので、途中二人の人に道を尋ねました。でもこれは一応置いときます。

堀田氏の家は、街中から山手に入って、家が途切れた先の小川のすぐ傍にあります。着いた頃には、それまで数日間の雨で小川はかなり増水していました」

これは、金造宅の検証調書にそのとおりの記載がある。

「次に、堀田氏の自宅ドアは、金属製で黒色です。手前に引いて開ける形で、かなり重いドアでした。まあ、ここまでは、他の日に見に行った、とか、弁解されるかもしれません」

そこで上村は二人をゆっくり見渡した。

「でも、これから先の話は、家の中に入った者にしかわかりません。

玄関は土間が1畳くらいの狭いもので、三和土《たたき》の先が廊下になっています。廊下は、まあ、人がやっとすれ違うほどの狭いものです。その廊下に沿って、左側に3畳ほどの台所と6畳の居間が続いています。廊下の奥には、また部屋があるようですが、入っていないので中はわかりません。

6畳の居間は、畳敷ですが、広めの炬燵敷きが敷いてあります。5月下旬なのに電気炬燵がまだ出ていて、炬燵布団の色はカーキ色でした」

武井も、畠中も、次第に上村の話に引き込まれていく。

「炬燵の右側に小さな4段くらいの木棚があり、それぞれの段に引き出しがついています。その上に電話機が置いてあります。色は白色のプッシュホンですが、ディスプレイはありません。部屋の隅のテレビは、かなり旧式で、10年以上は経ったものと見えました。一応、お茶を出してくれましたが、南部鉄器の急須でした」

上村は、ここで武井と畠中の顔を見る。二人とも真剣な顔で聴き入っていた。

さらに上村の話は続く。

「私がいた時間は、午後9時半頃から翌日の午前3時頃までです。その間に、確か4～5回電話があったり、したりしていました。1回は15～20分ほどの長いものでしたが、あとは5～6分くらいの長さでした。早いもので10時頃、遅いもので1時半過ぎでした」

そこで上村は、ひときわ力を込めて言った。

「その日も朝方から雨がひどく降っていました。堀田氏宅に着いた頃に有線放送で、洪水に注意すること、避難を早くすること、の呼びかけがありました。

しかし、着いて暫くすると雨が上がり、そのうち避難措置解除の放送がありました。僕が玄関から出るときですから、午前3時頃の時間です」

ここまで言って、上村は静かに言葉を結んだ。

「これで、僕が堀田金造宅にいたことが証明できると思うのですが、いかがでしょう。このことを堀田氏に話してください。きっと、僕が家に来ていた、と訂正するでしょう」

武井と畠中は改めて顔を見合わせた。部屋の中の様子や有線放送のことなど、これから調べることもあるが、これは立派なアリバイの証明になる。上村の供述を調書にして、その日の調べを打ち切った。

第４章　展開

還暦祝い

その年も、はや7月半ばとなっている。芝木等殺人事件は、有力容疑者として捜査線上に浮上した堀田金造と上村和生にいずれもアリバイが成立し、仕切り直しとなっていた。多美子についても、これという容疑者は現れていない。

贈収賄事件は、当初最上町長、堀田建設社長堀田泰の関与が疑われ、県警は色めき立ったが、情報源の堀田金造の話の信用性が多方面で失われた。特に、金造が証拠として提出した膨大なパソコンの日記に、改竄《かいざん》の跡があったのは致命的である。

結局、罪を認めた助役選任同意決議に関する小崎助役と、堀田金造他４人の議員だけが起訴され、議長選挙に関する贈収賄事件は不問に付された。

同年6月20日過ぎに起訴が終わり、小崎助役と金造以外の４人の議員は直ちに保釈されたが、金造だけは保釈されなかった。妻や甥の堀田泰始め、誰も、金造の保釈金を納付してくれる者がいなかったのである。

折からの裁判所刑事部の夏休みを挟んで、第1回の公判は8月の旧盆明けとなった。また審理は1期日で終結するが、判決は9月の中旬となる。

その間、金造は隈本市古京町の隈本拘置支所に移送され、暑い夏を過ごすこととなる。盆地気候の隈本市は夏暑く、冬は寒い。その年の夏は、エルニーニョ現象の影響とかで、特に暑い夏となっていた。

そのような7月末のある日、菊川市で食事屋と花屋を営む藤垣とも子ママから、原田に電話がある。

とも子ママは昔、隈本市内で「麒麟」という小さなクラブを経営していたが、十数年前の昭和の終わりにその店を畳み、郷里に帰って父母が残した食事屋の「ふじ」とその横の花屋を経営している。原田は菊川署や隣の鹿野署勤務時代に足繁く通っており、山下も同様だった。

ママと原田が最後に会ったのは、今年の3月の末、異動の発令があった直後に山下署長と原田の栄転祝いをしてくれたときである。電話も久し振りであった。

「最近忙しかったでしょう」

と聞き慣れた声がする。ママは事件の情報もあちこちから仕入れている様子だ。

「いや、今回はちょっと参りましたね」

と原田が応えると、

「裕《ゆう》ちゃんは山下署長の還暦祝いしたね」

と聞いてくる。

ママは原田のことを「裕ちゃん」と呼ぶ。目が細いところを除けば、手足の長い体型と顔の造りが、石原裕次郎にそっくりだからだそうだ。

原田は、はっと思う。そうだった、山下署長は今年60歳になる。還暦なのだ。

「そうだったね。すっかり忘れていた」

「そんなことだと思ってた。6月は過ぎたけど、今からでもお祝いしようよ」

とママが言う。原田は、まだ殺人事件が未解決の段階だがせっかくのママの誘いだ、こっそりやればいいかと思う。菊川市に行くには皆、他行届が要るが、なんとかなると踏んでその場で山下に相談する。山下も、二つ返事で了解した。

また、南郷署の今回の事件の慰労も兼ねて、「吉田と本山、寺井も呼んでいいね」と聞くと、もちろんママに異存はない。

吉田はいつも原田と一緒だし、本山は「麒麟」時代からよく知っている。また寺井も「ふじ」に来たことがある。早速その週末土曜日、午後6時に約束する。

当日となった。帰りは吉田がいつものように送ってくれるが、原田は一人バスで早めに菊川市に向かう。菊川市は温泉町である。戦後の掘削であるが、トロリとした泉質で評判は良い。

原田は、菊川署時代から行きつけのビジネスホテルに立ち寄って、温泉とサウナ、冷泉を交互に楽しんだ。ここの冷水槽は温泉を冷やした冷泉を使っており、原田のお気に入りである。

すっかり身も心も軽くなって、6時からだいぶ前に「ふじ」の暖簾を潜った。

店の奥の小上がりに座卓が二つ並べられ、端に上座が一つ作られてその左右に2席ずつ座布団が向かい合っている。その手前、店に入って左側のカウンター席には誰も客はいない。ママによれば、「今日は貸し切り」とのことだ。

ママが、「ちょっと手伝って」と言うので指示されたとおり働く。まず大皿に載せた鯛の塩焼きを上座席に置く。カウンターに置いてあるひまわりの花を、小上がりの壁に取り付けてある竹の花瓶に挿す。

今日の小鉢は郷土料理、一文字《ひともじ》のグルグルだ。刺身はマグロと関サバに鮑が切ってある。煮物は蓮根とじゃがいもと牛肉の炊き合わせ、そのあとで鮎の焼き物の用意もあるようだ。

原田が小鉢を盆に載せて運ぼうとしているところへ、本山と寺井が到着した。

「あ、先輩。僕達がします」と言って原田からお盆を取り上げ、以後は本山と寺井が忙しく立ち働く。そこへ吉田と山下がやってきた。

吉田の前に烏龍茶のジョッキを、その他の皆の前に生ビールのジョッキを置いたところで、ママが真っ赤な頭巾とチャンチャンコを持ってきた。これを山下が身につける。すっかり還暦老人の風体である。

ママもビールを手にしたところで、原田の音頭で乾杯する。

「お目出度うございます」

山下には、赤頭巾とチャンチャンコが実によく似合う。

「花咲かじいさんのようですね」

と誰かが言うと、山下は相好を崩した。

「いやー、早いもんだ。来春は定年だもんね」

と少し寂しそうに言う。高校卒業後警察官となり早41年、あっという間だ、とも言った。

「いやいや、まだこれからですよ。あと20～30年は活躍してもらわんと」

と原田が力づける。皆も、「そうです、そうです」と声を合わせる。

山下は、「うんうん」と笑顔を返した。

やがて、いつもどおりの無礼講となる。ジョッキのビール２杯が終わり、日本酒となる。この地の銘酒「菊の城」四号瓶が３本用意されていた。

日本酒を冷酒用のグラスに注ぎながら山下が口を開く。頭巾とチャンチャンコは脱いでいる。

「今回の贈収賄は皆ご苦労さんだったね」

これに本山が応えた。

「情報を取ってきたときは、もっと上まで行くかと意気込んだのですが、あんな結果ですみません」

「そんなことはない。そこまでの事件だったということだ」

山下が慰めると、

「でも、あの堀田金造は、ろくなやつではなかったですね」

と寺井が言う。原田も、

「あの男は本当に悪いやつですよ。芝木事件もあの男が人に指図したのではないかと、今でも考えているんですがね」

と首を捻ってみせた。

「しかし、アリバイがあるからな。１００％ではないが、裁判で認められるには十分だ」

山下が言うと、吉田も続けた。

「それに、自分の保釈金の用意もできない男に殺し屋を雇う金はないでしょう」

これには誰も反論できない。すると、山下が話題を変えた。

「原田君。吉井部長の特命で殺人事件の調査をしているようだが、結果は出てきているかね」

　原田が説明する。

「はい、吉田と二人であちこち出かけています。時期が来たら文書で報告しますが、今までのところではこんなものです」

　原田と吉田が調べに入ってから、ひと月ほども時間が過ぎている。その間、二人でずっと一緒に行動していた。

　二人手分けした方が早く進みそうだが、原田はそれをしない。何事も二人で調べた方が、正確な情報が手に入る。一人であれば、偏りもする。独りよがり、というやつだ。

「部長から話の出た小平隆夫について調べてみました。まず、出身地の野末地区上座に行ってみました」

　小平隆夫は深森町野末地区の上座集落の出身である。当地の旧家であった。

　野末地区は旧野末村で、その東方、小分県との境に流れる小野川の源流に沿って、上流から上座、中座、下座の三集落があり、戦後の最盛期には、それぞれ数十から百軒近くの家があった。その後、急激に人口が減少し、最近はいずれも十数軒程度の限界集落になっている。

　しかし、集落の起源は古く、源平時代に平家の落人《おちゅうど》が住み着いたのが始まりとされ、特に上座の小平家はその本家というべき立場にあった。中座の芝木家もその流れである。

小平家は、戦前までは上座の大地主で田畑の他、山林数十町歩を有していた。隆夫は終戦時旧制中学の1年生だったが、その後新制高校に進み、東京の大学を卒業したあと就職せず、生家に帰って家業の林業を継いだ。その頃の林業は好況だった。

やがて林業が不況に陥るなかで、隆夫は南郷市へ出て建築中心の建設業を興す。その頃、妻と結婚し、娘がひとり生まれた。建設業も暫くは景気が良かったようだ。

原田はそこで皆を見渡し、語調を改めた。

「隆夫が建設業を始めた南郷市近辺を当たってみました。どうも、その頃、隆夫は競輪を覚えたようです。その競輪を教えたのが、芝木等の親父の権蔵でした」

これには、皆一様に驚く。

「そうなんですよ。芝木に話が繋がったんです」

原田の話は、当時の建設会社従業員や隣人、さらには旧制中学校、新制高校時代の友人らの話を基にするものだった。

隆夫は、娘がまだ小学生の頃、芝木等の父権蔵に誘われて、その頃全国的に盛んだった競輪賭博に手を出してしまったようだ。権蔵も平家の落人に繋がる中座の旧家で、息子の等は隆夫と小学校の同級生である。両家は日頃から交際があった。また、競輪を覚える以前から隆夫は権蔵から金を借りていて、よく顔を合わせていたようだ。

そのあと隆夫は競輪にのめり込む。隈本だけではなく、県外の多くの競輪場に足繁く通い、散財した。

博才はなかった。負けがかさみ、事業資金をつぎ込み、やがてそれでは足りず借金に頼る。貸主は知り合いの権蔵である。権蔵は、最初は優しかったようだ。しかし次第に担保を要求する。小平家の山林は少しずつ芝木家名義に変わっていった。

このようなことでは建設業がうまくいく筈もない。やがて衰退し、廃業した。娘が高校2年生のときのことである。娘は大学への進学は諦め、学費の要らない高等看護学校に進んだらしい。

しかし、その後も隆夫の競輪狂いは治ることはなかった。隆夫は隈本市に出て職を転々とするが、稼いだ金は殆ど競輪につぎ込み、手元に残らない。それのみか、先祖伝来の山林も次第に借金のかたに取られていき、建設業廃業の頃はまだ三分の一くらいは残っていたが、その後、全て芝木家名義に変わってしまっている。

隆夫は今から2年ほど前に死んでいるが、自殺だ。また、その妻純子も1年前に死んでいるが、これも自殺だ。ただ、その自殺の詳しい経緯や、残された娘の動向などは今からの調べとなる、と原田は言う。

話を聞いていた山下が、ため息をつきながら言った。

「これは恨みとしては大きいね。娘の経歴は調べたか」

これに吉田が答える。

「はい、高校は地元の南郷高校です。剣道部にいたらしく、二段で全国大会出場のメンバーにもなっています」

「うん、剣道二段か……」

山下は、なにかを思っているようだが、それ以上は口に出さず、質問を続ける。

「その娘は、どこでなにをしているのか？」

「はい、隈本市の高等看護学校を出て、病院に勤めたまでは判明していますが、その後についてはは捜査中です」

と吉田が答えた。

「名前はわかっているんですか？」

と本山が訊く。戸籍謄本では「小平瞳」となっているとのことだ。

すると寺井が言った。

「母親が純子で、娘が瞳といえば、南郷駅前のスナックの名前ではないですか……」

これには皆、「ほう……」と声を上げる。

確かに、母親の店の「純子」から引き継いだ娘の店が「瞳」だった。

「こんど店に行って話を聞いてみましょうか」

と、本山が言う。これには山下が顔を横に振った。

「それはやめといた方がいい。それが本当なら重要参考人だ。じっくりと調べないとね」

そこへ、店出入りの野良猫、裕次郎とクロロンがやってきた。裕次郎は、とも子ママが店を開いた当時から居ついている十数歳のサバトラ縞の老猫である。クロロンは同じく居ついた野良猫であるが、去年来たばかりの女盛りだ。

原田が早速、焼いたタイの身とマグロとサバの刺身の残りを小皿に取り、二匹の前に置く。裕次郎はいつものように「うまいニャ、うまいニャ」と言ってかぶりつく。クロロンは、大儀そうにモシャモシャと食べた。二匹並んで行儀よく座っている。

ふと、原田が言った。

「猫が犬の散歩に付いていくなんて、実際あるのかな？」

これには、とも子ママが断言する。

「あるよ。裕ちゃんとこの猫は室内猫だからないと思うけど、田舎の猫は、散歩にも、畑の農作業にも付いていくよ」

すると、上村の話は本当だったことになる。人の妻とはいえ、愛人の多美子を殺された上村の恨みも忘れてはならないな、と原田は改めて思った。

確信

殺人の嫌疑を受けて逮捕勾留された３週間は、上村和生にとって悪夢のような日々だった。関西時代に何度か警察に調べられたことはあるが、逮捕されたことはない。また、嫌疑の重さも、談合などと殺人では、天と地の差がある。

和生はすっかり疲れてしまった。釈放されてみると、久し振りに腰に廻すベルトが緩くなってしまっている。50歳代の半ばとなって、縄目の憂き目をみてしまった。父も母も死んでいてよかった、と思う。兄は、知っているのだか知らないのだか……。連絡もないし、逮捕勾留中の面会もなかった。

勤め先の堀田建設の社長は、「疑いが晴れてよかったね」と喜んでくれた。また、「金造が迷惑かけたね」と言ってくれた。このまま使ってもらえるようだ。

でも、中座集落の人達の目は厳しい。釈放後は和生が挨拶しても、避けるようにしている者が多い。

しかし、その中で、大山と柿原だけは違う。早々に和生の釈放祝いをしてくれた。和生のあばら家へ、二人の妻の簡単な手料理と酒を持ち込んでのささやかな宴である。

「今度は本当に大変だったね」

と大山が声をかける。柿原も、

「でも、無実がわかって、よかったよかった」

と声を合わせる。

「有り難う、有り難う」

和生は何度も礼を繰り返した。涙も出てきそうである。

「芝木等殺しの犯人にされそうになったが、疑いが晴れてよかったね。でも、真犯人は誰なんだろう」

と柿原が話しかけてきた。和生は、

「それこそ、犯人は五万といるんじゃないか」

と吐き捨てるように言った。

すると柿原が言葉を続ける。

「でも、奥さんは本当に残念だったね」

「可哀相にね。まだ若いのに」

と大山も言葉を重ねる。二人は多美子と和生との関係も知っているが、自分達も好意を寄せていた。中座のマドンナだったのだ。

柿原がさらに続けた。

「でも、結局犯人が捕まらないままだね。俺は、あの議員がいるだろう。堀田金造とかいう。あいつに間違いないと思うがね」

それには大山が控えめに応えた。

「でも、旦那が殺した、という話も聞くよ。認知症だったらしいからね、あの爺さん」

和生は、そのことをずっと考えてきた。和生も、多美子を殺したのは金造以外にない、と思っている。何回も考え直してみた。あの日の状況をだ。

和生が電話を受けたのは、大山と和生の自宅で酒を飲んでいた確か7時半頃だが、相手は等だった。そのとき、等はおろおろとして、

「多美子がいないが、行き先を知らないか」

と言った。多美子と喧嘩した風ではなかった。

また等は、「今、堀田金造という男から、『多美子が上村の家にいる』と電話があった」とも続けた。それで、俺は急いで芝木の家に行ったのだ。

芝木の家には多美子がいない。でも、あの広い家だ。どこかにいたのかもしれない。

多美子が発見されたのは奥座敷ということだが、そこまで探しはしなかった。

そのあと金造に電話したのは、多美子の居場所を金造の方が知っているのではないかと思ったからだ。別にこっちから喧しく言ったのではない。

ただ、電話途中で金造に、多美子が俺の家にいる、と言った理由を聞いたら、金造がせせら笑っているので口喧嘩になった。そして金造宅に談判に出かけたのだ。そんないい加減な話をされたら、俺も多美子もたまったものではない。そう思ったのだ。

しかし今回、金造が警察に話したことを聞いて、間違いないと確信した。金造は俺を陥れようとしたのだ。

警察の取調官は教えてくれなかったが、俺が等宅に行った時間には、多美子は奥座敷に

いたと思う。まだ生きていたかもしれない。やりきれないが、多美子がその日その時間に、家にいたのは間違いない。

最初は、金造の方から芝木に電話している。そして「俺と多美子が一緒にいる」と等に言っている。それは芝木の疑念を俺に向かせるためにしたことに違いない。芝木の疑念が、「多美子と俺が出来ている」との疑念であることは間違いないが、もし、多美子がその時死んでいるとすれば、「多美子を殺したのが俺だ」という疑念を向けさせることにもなる。

考えれば考えるほど、金造の言動は、多美子が芝木家の奥座敷で死んでいるか、死にかけていることを知っている者でなければ説明できない。

これを警察に話そうか。でも、俺は今でも重要参考人だ。刑事の誰かが「１００％のアリバイではない」と言っていた。相手にしてもらえる筈がない。自分で確かめるんだ。それしかない。金造が出所してから、それからの話だ。

和生が物思いに耽っていると、いつの間にか柿原はすっかりいい気分になって、大声を出している。大山の方はなにか元気がない。

「最近体調が悪い。酒の飲み過ぎかな」

と首を捻っていた。

柿原が、

「今年は大神楽だな」

と話しかけてきた。

この地区では、上座、中座、下座の集落ごとに神社があり、一の宮から三の宮と呼ばれている。御神体がなにか和生は知らない。その神社ごとに毎秋収穫祭があり、神楽が奉納されるが、5年に一度、一の宮の上座神社に各集落の氏子が集合して神楽を合同奉納する神事がある。これを大神楽という。今年は10月14日の土曜日午後7時から12時まで、その大神楽が予定されていた。

大山が言う。

「今年は何人くらい集まるかな」

各集落は今では限界集落であるが、秋祭りには地元を離れた者も帰省して、ある程度の人数になる。大神楽ともなれば、出演者二十数人、観客は百人以上にもなり、その準備も大変なのだ。

大山と柿原はずっとその世話人をしている。和生も、帰郷した5年ほど前からは、欠かさずその下働きと舞手を務めていた。

「前回より少ないかもしれんが、結構な人数になると思うよ」

と柿原が応える。

大山は、申し訳なさそうな顔をした。

「実は、俺は大神楽の日に、嫁方の姪の結婚式なんだ。大阪に行くんで、今年は出られない」

柿原は残念そうに大山を見た。

「そうか、じゃまた5年後だな。その分、和生と二人で頑張るよ」

上村も、

「大神楽は初めてだ。なんでも手伝うよ。遠慮なく使ってくれ」

と協力を約束した。

「うん、9月になれば毎週末に練習が始まる。和生は、今年は剣舞組で頑張ってくれ。一樹の代理だな」

と柿原が笑う。大山は、前回まで剣舞組の小頭《こがしら》をしていた。

身辺捜査

「ふじ」で還暦祝いをしてもらった山下が、その翌週、「お礼」という名目で原田に電話をしてきた。

「この前は有り難う。お陰で、無事60歳になったよ」という前置きで、事件の話をしてくる。芝木夫婦殺人事件の件だ。

「贈収賄事件も解決して、お陰でうちの刑事課も余裕ができた。吉井部長と電話したら、これから小平家の調査などは、細かに、身辺に立ち入る必要が出てくるので、原田、吉田に南郷署刑事課が協力したらどうか、ということになった。

もちろん、君のこれまでの苦労を無駄にするつもりはない。これまでは刑事部長特命として働いてもらったが、これからは南郷署派遣という形でお願いできないか、と思うがどうか」と言う。

原田も考えていた。これからの捜査は、娘の小平瞳への接触も必要になる。周囲やスナック「瞳」の客など幅広い捜査も必要になるのだが、なにより小平瞳は女性だ。事情を聴くのは南郷署の女性警察官が相応しい場合もある。

「はい。わかりました」

と原田は即答した。

早速その週末、南郷署で捜査会議が開催される。出席者は捜査本部長の吉井、副本部長の山下、捜査一課長水谷、特捜班長内川、それに南郷署刑事課の加藤課長他の面々である。それに原田と吉田が加わるが、女性の捜査員が必要だということで、南郷署生活安全課二係長の加賀留美子が参加している。加賀警部補は、30歳代半ば、女性警察官の中では何本かの指に入る将来の幹部候補だ。

吉井に促されて、原田がこれまでの調べの経緯を説明する。今日は会議の中心なので目を瞑っている暇はないのだ。出席者は大方の情報を既に得ており、理解するのは早い。早速、これからの取調べ方針に入っていった。

　捜査一課長の水谷が話の口火を切る。

「これから小平家の内情に入っていく必要があるが、一番の問題は、現在生きている小平家の関係者が極めて少ない、ということだ。その、瞳さんという子供さんの他には、誰がいるのかな？」

　これに吉田が応える。

「隆夫氏には兄弟はありません。従妹は何人かいますが、住んでいるのは県外で、殆ど付き合いもないようです。

　奥さんの純子さんにはお兄さんとお姉さんがいて、二人とも教師で、隈本市と八坂市に家族で住んでいます。甥や姪も何人かいるようですので、こちらは話が聞けると思います。

　あとは、友人知人ですが、まだ十分把握ができておりません。隆夫氏は元三座小学校卒で、旧制中学校に進み、新制高校に編入されています。隈本市の隈本中学校・隈本高校です。同窓会があり、地元には同級生もいるようです。

　大学は東京の私立大学卒業ですので、どこまで調べられるか、やれるだけやってみます」

　水谷は頷いた。そして皆に目を移して続ける。

「隆夫氏や純子さん、それに瞳さんには、心を許して話をする親戚や友人が必ず何人かはいる筈だ。親友は、学校時代の友人などに多い。そこら辺を地道に探す必要があるね」

これに内川班長が言葉を重ねる。

「隆夫氏と純子氏の自殺、その原因がなにか、ここがポイントだね。思いもよらない原因もあり得る。そうなると、芝木等、権蔵との繋がりがまた切れてしまうが、それはそれで仕方がない。

現在のところはその見方で捜査が動いているが、あまり視野狭窄になってもいけない。広い視野を持って捜査に当たってくれ」

そこで吉井がその日の話を取りまとめる。

「水谷君、内川君の言うとおりだ。各人各様、他の人の意見に縛られず、捜査に励んでくれ。要は『真実はなにか』ということだよ」

翌日から、各人各様の工夫を凝らしての捜査となった。その結果は南郷署の捜査本部で集約される。長い時間が経ち、9月の末頃には各方面から多様な情報が寄せられてきた。

隆夫は高校卒業後、東京の有名私立大学経済学部に進学した。卒業後特に就職はせず、郷里に帰って家業の林業を継いでいる。

大学時代の友人とは付き合いがなかったようだ。しかし、隈本市にある旧制中学と、在学中に学制変更となった新制高校同級生の何人かとは、永く交際があり、その友人の話を聞くことができた。

また、純子には教師をしている兄と姉がある。兄姉との仲はよく、いつも夫婦家族を交えての交際があった。教師の給与ではあまり経済的支援はできなかったが、隆夫の困ったときなどにはいつも親身に相談に乗っていたようだ。その兄や姉、その子ら甥姪の話も聞くことができた。皆、隆夫や純子の自殺には納得していないとの気持ちが強い。

隆夫の友人や、純子の兄姉家族の話を要約すれば次のようなものだった。

純子は、隈本市内の女子高校卒業後、兄と姉の後を追って隈本大学の教育学部に進んだが、教師の道には進まず、暫く家事手伝いをしていた。そのうち仲介者があって隆夫と見合いをし、隆夫に一目で気に入られて、あっさりと結婚した。

結婚当初の数年は小平家の父母共に健在で、上座地区にあった年代物の大きな家で同居していて、結構大変だったようだ。

そのうち、次第に林業では生活できなくなり、隆夫は南郷市に出て建設業を始めた。長女瞳も生まれ暫くは順調だったが、隆夫が競輪に金をつぎ込むようになってから、次第にうまくいかなくなる。

結局隆夫は競輪に狂ったことから建設業を失敗し、先祖代々の山林も次第に手放していった。娘の瞳は、父の会社倒産により大学進学を諦め、高等看護学校に進んだ。卒業して隈本市内の病院に就職したが、その頃には、殆どの小平家の山林は芝木名義に変わっていたようだ。また、南郷市の自宅も事業等で借り入れた銀行債務のため競売になり、上座集落に残った築数百年の旧家も、日本家屋に興味を持つ人に買い取られ、移築のため解体撤去された。

隆夫が建設業を廃業した頃、純子は南郷市の駅前通りでスナックを始める。歳は40歳を越えていたが、小柄な顔立ちのよい美人である。人柄もよく、愛想もいいので、店は瞬く間に繁盛した。

しかし、市とはいっても地方の駅前である。客一人当たりの売上単価も低く、大儲けというわけにはいかない。家賃を払い、店の経費を払えば、生活費が残らない月も多かった。この頃、隆夫は仕事の関係から隈本市で別居し、瞳は看護学校の寮や、病院宿舎に住んでいる。これで親子三人離ればなれとなってしまった。そのうち、自宅が競売で人手に渡ると、純子は南郷市の山手にある両親の家に移った。

普通、このような暮らしとなれば、父親の立場はない。妻や子に疎まれ、遠ざけられるのが普通である。しかし隆夫は、妻と娘に心底から好かれていた。その理由は、端からみれば理解できない。競輪という博打に狂い、借金にまみれ、会社を潰し、先祖代々の遺産も食いつぶした男を、妻と娘が許し、愛情を注ぎ続けるなど有り得ないと思える。

しかし隆夫の家族は違った。とにかく、隆夫は妻子に優しいのである。見合い結婚であるが、夫婦お互いすぐに好意を持った。妻からみれば、隆夫はいいところの坊ちゃんだが正直な男で、教養もある。また、旧家の当主を偉ぶるところもなく、家族だけでなく、誰に対しても思いやりがあって優しい。

隆夫の父は息子の結婚後、数年して死んだが、娘の瞳が高校時代まで生きていた隆夫の母は、多少勝気なところがあった。時折純子へ強く当たったりしたが、いつも隆夫がやんわりと中に入り、宥めていた。

純子の父母は学校教員だったが、隆夫は折に触れその家を訪れ、話し相手になったり、庭や菜園の世話までしていた。

南郷市に住んでいるときは、犬を1匹、猫を1～2匹いつも飼っていた。隆夫は朝晩の散歩を欠かさず、いつも犬に紐を付けて、猫を傍に連れて、人通りの少ない道を歩いていた。犬猫が病気になったときには、自分のことのように心配し、いろんな薬を探してきて与えていた。隈本市に犬猫専門の動物病院ができたのを知ると、金もないのに、わざわざ診察に連れて行ったこともある。

今から7～8年前に純子の両親が、母、父の順に、あまり間を置かず死んでいった。純子の兄と姉はいずれも学校の教師で、幸せな生活をしている。両親の心配の種は、純子の家族だった。

純子の母は死の床で隆夫に涙ながらに頼んだ。

「とにかく、博打をしないことを約束して……」

隆夫も涙を流しながら母の手を取り、「もう一切しません」と約束した。

純子の父は、母が死んだ翌年の正月、集まった子供たちの前で隆夫に確認した。

「競輪は本当にやめているな」

隆夫は背筋を伸ばして「はい」と応えた。父はそれを見て、南郷市自宅の土地建物は純子に譲るとの内容の遺言書を、純子の兄に託した。

そして隆夫に言った。

「小平家の家、土地を君が手放したことには、なにも言わない。この家と土地だけは、純子と瞳に残してくれ」

隆夫は大泣きした。そして、二度と競輪をしないことを、重ねて約束した。


これも純子の兄、姉や甥、姪からの話である。隆夫自殺の前後の状況がだいぶ明らかになった。

純子の父母が死んだ後、隆夫は南郷市の純子の家に住み一生懸命働いたが、実はまだ借金が残っていたようだ。

権蔵や等は、隆夫が借金を完済しそうになると、わざと返済を猶予したりしていた。これは利息で日銭を稼ぐためらしかった。貸付金元金が仮に400万円あれば、利息だけで月12万円の現金収入になるのだ。税務申告していたかどうかも怪しいものである。

自殺の2年ほど前、隆夫は生命保険に入ったようだ。純子の兄と姉だけに話し、純子には内密にしていた。

借金の利息と生命保険料支払いのため隆夫は一生懸命に働いた末、２年後に自殺することになる。隆夫は純子と夕食を食べ、純子が店に出ていったあと、鴨居に下げた紐に首を吊って死んでいた。

純子の姉は捜査員に言った。

「通夜の晩も、葬式の日の夜も、よく覚えています。とにかく、真ん丸の、綺麗なお月さんでした。隆夫さんは、満月の夜に、月に帰って往ったのです」

また、純子の姉はこうも言った。

「純子が自殺したのも、その1年後の満月の夜でした。あれは満月に誘われて、隆夫さんの後を追ったのに間違いありません」

隣人の情報

ある朝、署に出たばかりの本山に、瞳の自宅近隣に住むという男から電話があった。本山とは「瞳」で何度か会ったことがあって、面識がある。農協ガソリンスタンドの店長をしている40歳代半ばの男である。

本山が電話に出ると、その男は小さなヒソヒソ声で話し出した。

「小平純子さんと小平隆夫さんの自殺について警察で調べているという話を聞きましたが、

そうですか?」

本山が、「まあ、調べているというほどではないが、なにか情報があればお聞きしますよ」と応えると、「電話じゃちょっと……」とのことなので、本山がガソリンスタンドを訪問した。

店舗の事務室には二つの事務机があるが、所長を務めるその男しか在室しないので、本山は隣の事務机の椅子に座って話を聞く。

誰もいないのにその男は、ここでもヒソヒソ声を出す。

「だいぶ前の話ですが、いいですか……」

「構いませんよ」

「僕の家は、瞳さん、つまり小平さんの家の2軒先なのです。僕の2階の寝室からは、小平さん宅の玄関が見えます」

「はい、それで……」

するとその男は、本山の耳に口を近づける仕種をして、さらに小さな声になった。

「数年ほど前になるが、ある日、殆ど真夜中近くのことでした……」と話を始める。

突然、小平宅の犬が大声で吠え出したという。これに合わせるように、猫の大喧嘩のような鳴き声も聞こえる。すると、近所の他の犬も次々に吠え出して、町中大騒ぎになった。

その男は、寝室のガラス窓を開けて様子を見る。丁度その日は、満月で、辺りの様子が手に取るようだった。

小平家の玄関から男が一人出てきた。その男は、玄関を出るといきなり、玄関脇に繋がれていた犬を思い切り棒のような物で叩いた。犬は、「ギャン」と叫んでその場に倒れ、身体を震わせている。

すると、家から女の人、これは純子さんに間違いないが、出てきて「ざんじーっ」と大声で泣いていた。暫くして家の中に犬を抱いて入っていったが、翌日、裏庭の隅に目新しい土盛りがあったので、その犬が死んだのは間違いない。

そこまで話して、ようやく男は本山の耳近くから口を離した。少し、声も大きくなる。

本山が尋ねる。

「その犬の墓も、あなたの家から見えるのですか」

「いえ、見えないのですが、いつも行き帰りに使う道から見えます。小平さんの家の裏手の、柿の木の下にあります」

「そのとき、小平さん宅の玄関から出てきた男に面識はありますか」

すると、その男はまた小声になり、本山の耳に口を寄せる。

「それが、あの金貸しの芝木等ですよ……」

この近辺では、芝木等は元南郷市職員、現深森町会議員としては知られておらず、専ら

「金貸し」として知られていたようだ。その男の親戚にも、先祖伝来の山林を取られた人がいたらしい。

最後に、

「芝木は、純子の店でも、瞳の店でも、何回か見たことがある」

と付け加えた。

署に帰った本山はその話を、昼食を食べながら原田に報告する。原田はなにか興味をそそられたようだ。「その犬の墓を見たい」と言い出した。

本山は、犬の墓を見てなにがわかるかと思うが、原田はときどきこんなことをする。また刑事の勘が疼き出したかな、と思って、午後から本山も同道した。

小平家裏庭の横を通る小道を行けば、確かに墓のような土盛りがいくつかある。雑草は払われて、墓標のような板が、大きいのが一つ、小さいのが二つ立ててある。大きい方は、かなり古いもののようだ。

すると、墓標の横に立てられたもう一つの棒状の物に原田が目を奪われた。辺りを見回して通行人のいないことを確認して、その棒を手に取る。本山が見ると、原田はいつの間にか手袋をはめていた。

原田は、芝木の娘中山佳代子が勤務する病院での話を思い出していた。この棒状の物を見ると、把手《とって》付きの金属製であるが、煤がついて焦げた痕がある。また、手の感触では材質は鉄パイプ製のようで、黒焦げの中に多少錆はあるが、墓標と同じような長い時間、この場に置かれたとは思えない。鉄錆のつき方でわかる。

原田は「うーん」と呻いて暫く棒を手にしていたが、やがて元の位置に突き刺し、本山を振り返って、「おい、カメラを持ってこい。それと1メートルの物差しも、早く」と言う。

本山が持ってきた物差しを棒の横に立てかけて、カメラで、各方向からその棒の写真を撮った。

署に帰って鑑識係を急がせて現像焼き付けを行い、退庁時には写真が出来上がる。原田は、隈本市の自宅へ帰る途中で芝木の娘、中山佳代子に会いたかったが、電話すると「翌朝にしてくれ」、と言われる。仕方ないので翌日午前8時半に、勤務先の病院で仕事前の佳代子に面会した。

棒の写真を見せる。佳代子は何枚もの写真を見比べていたが、やがて言った。

「これは、確かに、父が使っていたステッキにそっくりです。でも、同じとは断言できません」

原田は笑顔で頷いた。それ以上の証言は期待していない。早速、中山佳代子の供述調書を作成し、その末尾にステッキの写真を添付する。

その年10月初めの月曜日、朝から芝木事件捜査本部の会合がある。南郷署4階大会議室である。窓から見える阿蘇南郷谷の景色はまだ青々としているが、所々が黄色と赤色に染まっている。今日は、特に南外輪山がくっきりと映えていた。

会議には本部長吉井刑事部長、副本部長山下南郷署長の他、殆どの担当捜査員が出席している。しかし、事務局をあずかる加藤南郷署刑事課長は、体調を崩したということで欠席していた。代わりに県警本部捜査一課長の水谷が司会進行を担当する。

「では、各担当から報告をお願いする」

今日の報告は怨恨の線に集中していた。小平隆夫の自殺、純子の自殺、という事の流れである。

まず、小平家のこれまでの没落の経緯、これに対する芝木家の関与、特に競輪への勧誘、高利の融資、財産の取り上げが説明されたが、これは前回までに報告されており、今回は要約となる。

今日はこれに加え、小平隆夫と芝木等の小学校時代からの関係や、学校時代の同級生やそれぞれの親族への聴取結果が説明される。また、芝木多美子と小平純子が隈本市の女子高校の1年違いだったこと、隆夫と純子が結婚した頃から芝木等が純子に思いを寄せていたらしいことにも話が及ぶ。その内容は次のようなものであった。

隆夫と等は、三座尋常小学校の同級生である。隆夫はその後、隈本市の旧制中学に進み、新制高校を経て東京の有名私大に進学する。等は、南郷市の旧制中学に進み、新制高校を経て福北市の私立大学経済学部に進んで、卒業していた。

小平家と芝木家は同じ平家の末裔であるが、家格としては小平家が上である。ただ、同じ旧家の跡取りとして、何かにつけて二人は比較されてきた。隆夫はすらりと背の高い顔立ちのいい男で、性格も頭もよく、運動も得意だった。これに対して等は背も高くなく、どちらかといえば貧相な顔立ちで、隆夫に比べ見栄えも成績も劣った。なによりひねくれた性格があって、周囲の目は隆夫に優しく、等に厳しかったようだ。このことを隆夫はあまり感じないが、等は敏感に察知し、根に持つところがある。

小平家と芝木家は同じ平家に繋がる家系ということで、古くから家同士の付き合いがある。明治時代頃まではお互いに嫁を娶ったり、婿を取ったりしていたので、親戚関係もある。冠婚葬祭にはごく最近まで行き来があった。

芝木等が初めて小平純子を見たのは、父権蔵の名代として出席した隆夫と純子の結婚式だった。等は純子を一目見て、その美しさに目を奪われたという。等はそのとき妻を娶ったばかりで、新妻の多美子も美人なのだが、背が高く大柄で、背の低い等には荷が重かった。小柄な純子の方が等の好みだったのである。

結婚式で、等が驚いたことがもう一つあった。多美子と純子が、隈本市のお城近くの女子高校の1学年違いで、多美子は純子のことを知っていたのである。純子は、目立つ美貌で、全校に知れ渡っていた。その高校は、隈本でも5本の指に入る歴史を持ち、もちろん女子校としては一番古い。有名人も多く輩出しており、後援会組織も堅固である。

やがて時が経ち、隆夫が没落していくのは等には心地よかったようだ。昔の劣等感が優越感に変わっていく。等は楽しく眺めていたと、ある同級生は語った。

次に本山と原田が、ガソリンスタンド店長の話から始まる最近の出来事を報告した。ステッキの話のときには、瞳が剣道二段、居合道二段であることを特に付け加えた。

これには皆、色めき立つ。純子宅を夜間に等が訪問して揉めごとになっていたことや、等宅から紛失していたステッキが、焼かれた上で、等に撲殺された純子の飼い犬の墓前に供えられていたのは、怨恨を表すものとして極め付けというべきだろう。

皆、侃々諤々《かんかんがくがく》意見を交わしたあとで、吉井が一同を見回した。

「いよいよ、小平瞳に事情聴取する機が熟したということだね」

これに、一同大きく頷く。早速翌日から事情聴取の体制を作り、資料を整理した上で次週早々にも聴取に踏み切ることとする。

聴取担当官は、これまでの経緯から主任を原田とし、補助に加賀留美子警部補が指名された。被疑者が女性なので配慮したのである。

金造の死

ところがその矢先、事件が発生した。10月8日、日曜日の朝、深森町馬原の別宅で堀田金造が死んでいるのが見つかったのである。

金造は、９月中旬に隈本地裁で収賄罪による懲役1年6月執行猶予5年の判決を受け、隈本拘置所を出所していた。妻とは別居状態であり、自宅ではなく別宅の方へ帰っていたらしい。

金造は判決期日の直前に町会議員を辞職していた。判決日に審理が再開され、その旨の証拠が提出された上での判決である。

金造出所後、議員辞職手続きのため、何度か町総務課から電話連絡したが金造が電話に出ないので、日曜日なら家にいるかと思って訪問した職員が発見したのである。

これには南郷署、県警本部も衝撃を受ける。予定されていた小平瞳に対する事情聴取を先延ばしにして、この事件に集中することとした。

山下署長の指示を受け、金造の別宅に武井が臨場する。原田と吉田、本山も一緒である。原田は瞳の聴取に取りかかる準備のため、日曜日であるが朝から南郷署入りをしていた。山下署長は県警本部長と協議して、金造殺人事件捜査本部を芝木殺人事件捜査本部と同じ体制で立ち上げることをすぐさま決め、居合わせた原田たちにも現場臨場を命じたのである。

その家の様子は、上村の調べを担当していた武井はよく知っている。また、金造の贈収賄事件の捜査に当たった本山は、情報収集の段階で訪問しているし、その後の事件着手の際も捜索押収の立ち会いをしていた。原田と吉田は聞いていただけで、金造の別宅を見るのはそれが初めてである。

金造は、玄関から家に上がって廊下左側の6畳居間の壁に、上半身を持たせかける姿勢で足を伸ばして死んでいた。腹部から大量の血液が流れ、床一面血の海である。

その後の検視と司法解剖で、死因は腹部銃創による失血死であることがわかった。体内から8発の弾丸が摘出されている。体外に抜けた弾丸はなかった。

死亡推定時刻は、前日の午後7時～12時の間である。その時間は雨が降っており、時折雷鳴が響いていた。金造別宅は一軒家ではあるが、数十メートルの範囲にいくつかの民家がある。近隣の住民は、誰も拳銃音に気付いた者はないとのことだった。

現場ではまず、状況を詳細に記録するための実況見分が行われる。入口ドアや窓、壁や室内の家具類等に遺留品や指紋、足跡等がないか念入りに調べられる。居間の奥に6畳と4畳半の寝室らしきものがあり、これも調べるが、物色されたり荒らされたりした跡はない。

夕方に南郷署に帰ると山下が、署長官舎で簡単な夕食を用意しているので、寄るように原田達に言った。呼ばれたのは、刑事課長加藤、係長武井と本山、係員畠中と寺井、それに原田と吉田である。

署長官舎に着くと、夕食用の折り詰めが人数分と、天ぷらと竹輪、それにハムとチーズとナッツを載せた摘みの皿が3皿ほど用意されている。瓶ビールが冷蔵庫に冷えているので、取り敢えずこれを飲む。事件直後の打合せであるので、酒もこっそりであり、乾杯は差し控えた。

山下が話の口を切る。

「明日、堀田金造の殺人事件捜査本部が立ち上げられるが、構成は芝木事件本部と同じ構成とすることで、吉井部長と話をした。でも、この事件は関連しているだろうか……」

山下が首を捻ると、本山が声を上げた。

「金造は芝木夫婦殺人事件の容疑者でした。芝木の殺害についてはアリバイがあるようですが、奥さんについてのアリバイは完全ではありません。少なくとも関連を疑う必要があるのではないですか」

武井も同調する。

「金造は、芝木殺人事件の直前に上村と揉めています。調べの中で、上村を芝木殺人事件の犯人に仕立てようとしています。また、その日殺された多美子と上村は愛人関係で、金

造は多美子に横恋慕しています。多美子の死亡に金造が関与している可能性は十分ありま
す」

普段無口な武井にしては、饒舌になっている。

「特に上村は、金造が関与したと疑っています。上村の調べの中で確かに感じました。僕は、金造殺しの犯人は、上村が一番怪しいと思っているのですが……」

その武井の言葉に、本山が疑念を挟む。

「これは銃器の殺人事件です。暴力団との関連が疑われます。その意味では上村より、堀田泰とか、黒石議員とか建設業関係者も疑われるのではないですか。また徳本工業とか、その上の政治家の誰かが、金造と深刻なトラブルを抱えていた可能性もあります」

目を瞑り、腕組みをして聴いていた原田が、そこで口を出した。

「両方とも尤もです。しかし思い込みはいけません。芝木の件では、上村を前回逮捕したが起訴できなかった。金造も、殺人で起訴できなかったという意味では同じです。でも、上村の行動は早めに調べる必要がありますね」

山下は、何度も大きく頷いた。

「そうだ。取り敢えず上村の行動だ。しかし同じ轍は踏めないから、逮捕するのはまだ早い。慎重に調べよう」

久し振りの酒席なので、形だけといいながら日本酒「神山」の純米酒が何本も冷蔵庫に

冷えている。皆、舌鼓を打ちながら、いつの間にか無礼講に近くなる。

本山が少し酔ったようだ。

「スナック『瞳』に行けなくなったのが残念ですね」

「それは当たり前だろう」

原田がたしなめると、本山は矛先を変えた。

「加藤課長、まだ最近も行っておられますか」

加藤には、ドギマギした様子が見える。

「もちろん、行っていないよ」

「でも、相談されたりしていませんか」

今日の本山は少し、しつこいようだ。

「こら、本山、言葉を慎まんか。加藤に失礼だろう」

と山下が叱責すると、本山も我に返った風をみせる。

「すみません」と小さな声で謝る。

「ふーう……」と、加藤は溜息で応えた。

上村の再度のアリバイ

翌日から上村の行動調査が極秘裏に始まる。勤務先の堀田建設関係者や、地元中座集落住民の聴き取り捜査、金造別宅がある深森町馬原での目撃捜査などが主なものだ。

事件のあった日前後に上村の職場での欠勤はない。馬原での目撃情報もない。中座集落から出て行く姿を目撃した者もいない。

却って上村の関与を否定する、ある情報があった。それは、金造死亡時間帯である10月7日土曜日の夜に、上座神社で翌週土曜日夜に予定された5年ごとの秋季大祭夜神楽の通し稽古が行われており、確かに上村和生も出席していたというものである。

その年の神楽は大神楽と呼ばれるもので、岩戸神楽33番の演目を5部に取りまとめて、10月14日夜7時から12時の間、上座神社の拝殿で行われる。村外の旧住人も参加するため、1週間前の土曜日、通し稽古という名の合同練習会が、本番に倣って衣装をつけ、夜7時から12時まで通しで行われたとのことだ。

出演者は20人余りおり、その半分を占める地元住民は上村を見知っていたが、多くの者が「確かに上村もいて、剣舞を主に、半分ほどの演目に出演していた」と証言した。

また、神楽の指揮をする「取締」と呼ばれる男に演目とその時間を確認したが、上村が出演した各演目の間は精々数十分であり、上座神社を抜け出して馬原の金造別宅を訪れ、また帰ってくるのは不可能と認められた。

その頃、科捜研から更に大きな情報がもたらされる。それは、金造の体内の弾丸に刻まれた旋条痕が、関東地方のとある町で数年前に起こった殺人事件の弾痕と一致したのだ。

その殺人事件とは、ある地方の建設会社社長が殺されたもので、工事の利権が絡んでいると考えられていた。しかし、会社関係者や親戚関係者、競争相手など疑わしい人物には全てアリバイがあり、犯人検挙に至っていない事件である。その鮮やかな手口からして、暴力団などのプロに依頼した事件と考えられていた。

これらの情報を考えれば、金造殺しの犯人として上村の線は薄くなる。しかし、金造殺しを関東の暴力団に依頼する者として目ぼしい者も現れず、捜査は行き詰まった。

事件後１週間が経過した金曜日夕方、南郷署で開かれた捜査会議では、加藤課長の経過説明の後は出席した捜査員から殆ど発言もない。

「これは長い事件になるね」

という水谷捜査課長の言葉に、反対することができる者は誰もおらず、会議は早々に散会した。

また、翌週から捜査の主眼は芝木夫婦殺人事件に戻されることになる。

第5章　小平瞳のアリバイ

小平瞳

原田は懸案の小平瞳の事情聴取に取りかかる。場所は隈本県職員研修所である。警察内部にも内密にした形だ。

取調補助官は、被疑者が女性であるので、いつもの吉田ではなく加賀留美子警部補となった。

その日、午前9時に研修所小会議室で原田が小平瞳と向き合う。阿蘇杵島岳西側中腹にある研修所の部屋は西向きで、太古に崩落した外輪山切れ目の先に、隈本平野が広がり、隈本市の町並みが遠く霞んで見える。その先に有明海が白く光り、さらにその奥に雲仙の山並みが続いていた。

今日の小平瞳は濃い紫色のツーピースに白い襟付きのシャツ姿である。背筋を伸ばして原田の前に座った。

「今日はご足労かけました。先日、お店でお会いして以来ですが、今日は仕事です」

と原田が挨拶する。細い目でじっと瞳の顔を見回しながら、優しい声で聴取を始める。

「驚かれるでしょうが、今日お話をお聴きするのは芝木夫婦の殺人事件についてです。一応被疑者としての調べになりますから、黙秘権の告知をします。言いたくないことは言わないでいいですからね」

「はい」

瞳の様子は、質問を予期していたかのようにみえた。

「あなたのお父さんやお母さんのことは、だいぶ調べさせていただきました」

瞳は黙って目を伏せている。

「本当に苦労されましたね」

「…………」

そこで原田は、これまでの捜査の経緯を確認していく。

「小平さん、今までの調べで判明していることをお話ししますので、もし事実と違ったら仰ってください」

そう前置きして、小平家と芝木家の関係、隆夫と等の学生時代と戦後の生活、隆夫が芝木権蔵から競輪を教えられ、次第にのめり込んでいったこと、先祖代々の山林を手放し、建設業も倒産したこと、純子が生活のためスナック「純子」を始めたことなど、これまでの捜査で判明していることを確認していく。

次に、純子の兄、姉、甥姪から聞いた話を基にした、隆夫の家庭関係、妻や娘との関係などに話は及ぶ。

瞳はじっと俯き、時折頷きながら聞き入っている。反論はない。

折をみて原田が尋ねた。

「あなたやお母さんは、お父さんのことが本当に好きだったようですね」

瞳は顔を上げた。

「はい。父は気持ちの優しい、いい人でした」

原田は少し声を落とした。

「でも、どうして競輪をやめられなかったんでしょう」

「それは……でも、限度さえ知っていれば、面白いのではないですか？」

瞳の返事に、原田は細い目を少し丸くした。これには心当たりがある。実は原田もパチンコが好きで、休みの日など、入り浸りのことも少なくない。もちろん借金はしないし、家計に響かないようには気を付けている。

瞳は一つ背を伸ばした。

「父が悪かったのは、芝木家から借金したことです。そこまでして、競輪したことです」

これには原田も頷かざるを得ない。

「小平家の山林を手放したのは、これも父のせいとばかりは言えません。財産など、いつかはなくなるものです」

そこで瞳は一呼吸置いた。

「でも、財産がなくなったのに、借金だけが残っていたことが、父の失態でした」

瞳は顔を上げ、中空を見ている。涙が溢れるのを我慢するかのようだ。そして付け加えた。

「小平家が無一文になったとき、まだ数百万円の借金が残っていたのです。利息の支払いだけで月に十数万円だったようです。これさえなければ、父と母があのような地獄の苦しみを味わうことはなかったのです」

瞳の目を覗き込むようにして、原田が質問を変えた。

「これはある人からの情報ですが、お母さんとこで飼っていた犬が、芝木に叩き殺されたことがあるそうですね」

瞳は、目を閉じ、大きな息を吐いてから、その状況をゆっくりと話していく。

等は、権蔵から隆夫に対する債権を引き継いだ後、隆夫や純子にその請求をすることになった。隆夫と純子の自宅はその頃、南郷市の純子の実家である。純子の父母は既に死んでいる。

等は、隆夫のいないことを確認して家を訪ねた。純子は、決して家に上げなかったが、応対はせざるを得ない。玄関先や縁側で、等は長居して取り留めもない話をする。

また、しばしば夜に純子の店に顔を出す。飲み代は払わず、少し色をつけて利息支払いの一部に当てる。週に一度は来るので、月2～3万円の利息の代わりにはなった。店に来れば散々長居するが、他の客に迷惑をかけることはない。さすがに元南郷市職員としての常識はあったようだ。

ある夜半に、純子が店から帰って自宅玄関から入ろうとすると、そこに等がいた。等は「静かにしろ、大声出すぞ」と言うので、その日だけは、純子は世間体から家に入れてしまう。

玄関に入った等は部屋に上げろと言うが、それを拒むと、強引に上がってきて、居間で純子を押し倒す。

そして、「俺の女になれば、借金は棒引きだ。400万円だぞ」と臭い息を吹きかけてくる。

純子は、必死に等の口を避け、すり寄せてくる身体を振り払おうとする。構わず等は純子に馬乗りになって股間に手を伸ばす。純子は、あまりのことに声が出ない。

「だれかー」と叫ぶが、かすれて、声にならない。

すると、耳元で突然、「フーッ」という声がする。

それに続いて、「フギャー」という叫び声だ。

純子の二匹の猫が助けに来たのだ。歳は15歳に近い老猫だが、必死に叫んでいる。するとと窓の外で、「ワンワンワン」という吠え声がする。これも飼い犬の声だ。猫達より少し若いが10歳以上の老犬である。これも必死だ。

この辺りの人家はまばらだが、２、３軒の隣家はある。隣家の犬も、さらに遠くの家の犬も一斉に吠え出し、大合唱となる。やがて、ガラガラと窓を開け、「なんだー」と叫ぶ人の声も聞こえてくる。

等は忌ま忌ましそうに身を起こした。持ってきた鉄のステッキを掴んで玄関を出ていく。そして、玄関脇の犬小屋の前でなおも吠えかかる犬の頭を、思い切り殴りつけて帰っていった。

犬は、「ギャン」といったあと声もない。純子が慌てて近寄って見ると、犬の銀次は泡を吹いて、身体をピクピク痙攣させている。

「ぎんじーっ」

純子は泣き叫び、部屋に入れて氷で冷やしたり、瞳に聞いた心臓マッサージをし、犬の鼻に口を付けて人工呼吸をした。しかし、銀次が息を吹き返すことはなかった。

その翌日、店を開く気にもなれず家にいると、夕方隆夫が帰ってくる。銀次の様子をみて驚く隆夫に、純子は出来事を正直に話した。

隆夫は言った。

「これは犯罪だ。警察に行こう」

するると純子が首を横に振る。

「金を返せないから、こんなことになるの。もう、あの男は、店に一切入れないし家にも近づけないから、早く頑張ってお金を返そう。そして、見返してあげよう」

隆夫は思ったようだ。

「これは、みな俺の身から出た錆だ。純子にここまでの苦労をかけてしまった。その純子の意に逆らうことはできない。身を粉にして働いて、一刻も早く、借金を返そう」

隆夫は、純子の肩を優しく抱いて、「わかった。済まん」と泣いた。

それから2年後、隆夫が自殺した。純子は隆夫が生命保険に加入していることを迂闊にも知らなかった。隆夫は純子の兄姉には話をしていたが、固く口止めをしていたらしい。

その日、仕事を終えて夜半に帰った純子は、庭に向けて開け放った鴨居に吊り下がった隆夫の姿を見る。紐を切って下ろすのがやっとだ。息はなかった。救急車を電話で呼んでその場にへたり込むと、中空に満月が浮かんでいた。

そこまで話した瞳は、吐息をつきながらゆっくりと目を上げた。涙が滲んでいる。

原田は聴いていて背中から肩にズッシリと掛かる何ものかを感じていた。加賀警部補を見やると、暫し調書の書き手を止めて涙ぐんでいる。

やがて「これは仕事だ」と自分に言い聞かせ、原田は重い口を開いた。

「お母さんが乱暴されようとしたとき、お父さんは警察に行こうと言われたのでしょう。どうしてそうされなかったのですか？」

これには瞳も大きく頷く。

「私も後日その話を聞いたとき、そう思いました。でも、母は昔の女です。自分の恥というより、父の恥と思ったのでしょうね」

原田は、純子達が警察に報告し、また弁護士に相談するなどすれば、利息制限法違反の支払い利息部分は返還請求できるから、借金はなくなり、却って過払い金が返ってきたのに、と思う。また相当額の慰謝料の請求もできた筈だ。

その話をしてみると、瞳は顔を伏せた。

「ある人にもそう言われました。でも、今さら父と母は帰りませんしね……」

その後、暫く間を置いて、瞳は自分から話し出した。

「これは父や伯母から聞いたことと、私の想像ですが……」

前置きしての話だ。

隆夫は当時64歳である。実はいくつか身体に不調を感じている。咳が出て、痩せてきた。胃も痛い。レントゲンを撮ったら肺に影があると言われている。

生命保険に入ることにした。年齢からして、加入できるものは少ない。しかし検討していると、保険金額は普通死亡時５００万円、75歳まで保障、生命保険料月３万５０００円というものを見つけた。

約款を確認する。自殺の場合、加入後2年間は保険金が出ない。そのほか、告知義務違反の場合も一定期間保険金が出ない。肺ガンとか、胃ガンとかで病死したら保険金は出ない。隆夫は、もし病気になっても2年間は生き延びようと、固く思ったという。

借金と生命保険料支払いのため、昼だけでなく夜も働くことにする。その頃、隈本市東部に進出してきた自動車工場の下請け会社の三交代で働き、寝る間を惜しんでタクシーに乗った。こうして、なんとか生命保険料と借金の支払いを続けていく。

それでも、どうしても支払いに困ることがある。その場合はサラ金から借り入れる。当時は、だいぶ利息も低くなっていた。2年間、隆夫はあちこち痛む身体に鞭打ち、必死に働いた。

働けば自然と気持ちも落ち着く。また、冷静に自分を振り返ることもできるようになった。

隆夫は純子や瞳に何度も言ったという。

「どうして、もっと若い頃からこうしなかったんだろう。なんで、競輪などに狂ったんだろう……」

答えも出ないうちに、保険契約後2年の春も瞬く間に過ぎ、5月になった。

純子といつもどおりの夕食を食べ、純子が店に出ていったあと、隆夫はちゃぶ台の上に生命保険証書と請求の手引きを置く。

その横に、白い便箋に書き置いた。

「有り難う。感謝してる。
魂になっても、いつもみてるよ。
また、来世で会おう。
隆夫
純子・瞳へ
」

瞳は言う。

「父は、部屋の明かりを消し、縁側の鴨居に紐をかけて輪に結んでいました。その日は満月の夜でした。狭い庭には紫陽花が咲き乱れていました。

父は、最後に、東の空に白い満月が上がるのと、月明かりに浮かぶ紫陽花を見たことでしょう。『本当に綺麗だ』と言って、紐に身を委ねたに違いありません。……父はそういう人でした」

瞳は、窓の外に静かに目をやった。遠く山裾に続く斜面には、一面のススキが風に揺れている。

既に時計は正午を過ぎている。原田は休みを入れることにした。

「少し休憩しましょうかね。お食事の用意はありますか？」と聞くと、瞳は「いいえ」と応える。

「1階ロビーの近くに喫茶室と売店があります。なにか食べていただいて、またこの部屋に午後1時にお出でください」

そう言う原田に、瞳は礼をして部屋を出て行った。買い置きの弁当を食べながら加賀警部補と少し話をする。

「いや、思った以上の話でしたね……」

と加賀が言う。

「そうだな、当事者でないと本当の話はわからんね」

「でも、あの芝木等という男は女の敵です。本当に殺されて当然ですね」

「まあ、それはここだけの話にしよう」

原田も、改めて芝木等の悪辣さを痛いほど感じる。しかし、殺人事件の被害者なのだ。事件は解決せねばならない。

加賀警部補は休み時間中も寸暇を惜しんで供述調書を作っている。原田は暫く外に出てタバコを吸った。このところ禁煙が途切れている。秋の風は冷たいが、半日振りのタバコの味はまた格別だ。

　午後1時きっかりに、瞳が部屋に入ってきた。また調べが始まる。

「これからは母の話です」と言って、瞳が話し始める。同じく独り言のような話し方で、原田と加賀は聞き役に回った。

　純子は隆夫の自殺に呆然としたが、驚きはなかったという。しかし自分の中のどこかで、隆夫の行動を予期し、期待していたかのように思われ、そのことが純子を永く苦しめることになる。

　四十九日の夜、店を休んだ純子は、仕事を早退して帰宅していた瞳の前に短刀を持ってきた。短刀は白鞘に収められ、毛氈《もうせん》の布に包まれている。目釘抜き、拭い紙、打粉、丁子《ちょうじ》油の入った桐箱もある。

　純子が瞳に言った。

「これはね。小平家の当主の標《しるし》、ということでお父さんが持ってたものだけど、これからは瞳が持っていて」

　これで芝木等に対する借金はなくなった。他に借財はない。財産もない。あるのは、隆夫が残した、小平家に伝わるこの短刀だけだ。これは小平家の当主の標として代々引き継がれてきたもので、隆夫も父からきつく言われていた。

「これだけは、絶対に、死んでも手放してはならん」

その他にも、刀剣とか脇差とか、薙刀、槍に鎧など武具類は多かったが、全て手放してきている。純子の手元に残されたのは、この短刀一振りだけだった。

瞳がこの短刀を見るのは初めてである。瞳は高校までやっていた剣道が二段で、看護学校から始めた居合道も二段だ。刀剣の手入れの仕方も知っている。

手に取って鞘を払ってみれば、片刃の6寸5分、丁子流れの刃紋も鮮やかな短刀である。濁りもなく、油も引かれている。隆夫や純子が手入れを欠かさなかったのが見てとれる。

目釘を抜いて柄を外すと、茎《なかご》に、「頼金光　応永二年閏三月」との銘がある。家宝に相応しいように思えた。

「わかった。私が持っとくね」

と瞳が応えると、純子が溜息をつく。

「最近、いつも思うのよ。どうして、私が隆夫さんの競輪をやめさせることができなかったのかということ……」

「お母さんはいつも言っていたよ。お父さんが聞かなかっただけでしょう」

「もっと、強い言い方ができなかったかしら」

「まあ、私も言ったけど、あの愛嬌のある顔で『うん。もうしないよ』と言われると、あとは続かないものね」

そうなのだ。純子も瞳も、隆夫を嫌いになれなかったのだ。大好きだったのだ。その隆夫が好きな競輪というものを、二人とも心底から嫌いになれなかったに違いない。

そこで純子が瞳を見て、語気を強めた。

「でも、こうなったのは、権蔵、等の芝木親子のせいだ。私は二人を許さない」

その気持ちは瞳も同じだった。隆夫の通夜の晩に、約2年前に等から純子が受けた仕打ちを聞いたばかりなのだ。

瞳は唇を噛んで、言葉を返した。

「どうしてやろうか……」

「殺してやりたい。銀次がされたように、思い切り叩き殺してやりたい」

そう応える純子の顔は、厳しく、紅潮していた。瞳はそれを観ながら、言葉を呑み込んだ。自分の気持ちも全くそのとおりなのだが、ここで言葉に出すのが怖い気がしたのだ。

隆夫の死後1週間店を休んだが、2週目から純子は店を開けた。事情を知る常連客は遠慮がちに足を運び、すぐにいつもの繁盛を取り戻す。

これからは借金の利払いもない。元金の支払いもない。気も軽くなる筈だが、逆に純子の気持ちは次第に沈んでいった。

そのうち、権蔵が死んだということを風の噂で聞いた。しかし、純子の心は軽くならない。暗い怨念の行き先は、権蔵、等というより、自分自身なのだ。

初夏のある日、純子が開店の準備をしていると、一人の男が入ってくる。見ると芝木等だ。そして能天気な声をかけてきた。

「いや、先日は隆夫君、大変だったね。お悔やみに来ました」

お悔やみどころの話か、と純子の気は高ぶるが、それを知らぬかのように芝木は続ける。

「これからも店の客に来るから、宜しくね」

純子のどこかでなにかが「プチン」と切れた。一気に憤りが高まり、喉から溢れ出る。

「うるさい、帰れッ！」

同時に、右手に持った布巾と左手に持ったコップとを、思い切り等に向けて投げつけていた。

「パリーン」とコップの割れる音が室内に響く。等は慌ててドアから外へ出ていった。

やがて純子は仕事を休みがちになる。瞳は休日ごとに南郷市の家に帰って純子の話し相手になるが、どうも、落ち込み方が尋常ではない。勤務先の医師に相談すると、精神科の受診を勧められた。

瞳も付き添って南郷市の精神科を受診したところ、うつ病との診断が出た。入院までの必要はないが、軽くないので、自殺とかの心配もあるそうだ。瞳はすぐに退職して自宅に帰り、母の看病をすることを決断した。

　母のため、できれば一日のうち長い間、家にいたい。しかし収入も必要だ。結局、昼間に母の話し相手をして、夜、母の店に瞳が出ることとする。暫くは「純子」の名前のままであるが、そのうちに「瞳」に変える。

　ある日、家に帰ると猫がいない。その後も帰ってこない。黒猫の二郎だ。この辺りの猫は死ぬとき姿を隠すのが多い。純子は落ち込んでいた。

　暫くしたある日、庭の隅で猫が死んでいた。三毛猫のミミ太だ。純子は、庭の隅の銀次の墓の横にミミ太の墓を造り、一緒に二郎の墓も造った。そして、毎日花と食べ物を供えた。

　店の名を「純子」から「瞳」に変えて暫くした頃、純子が自殺した。

　その日、夕食を一緒に食べて家を出ようとするとき、ふと、純子が言った。

「そろそろお父さんの一周忌をしないとね」

　瞳も、はっとする。

「本当だね。もう1年だね。早いね……」

　思わず瞳が肩を落とすと、純子は、「お坊さんを……」と、黙り込んでしまった。

　その日は早い時間から予約客があったので、瞳はそのまま家を出たが、なにか胸騒ぎがした。空を見れば、東方の山際に、丸く白い月が形だけ浮かんでいる。まだ光り出すには時間がかかるが、今日は満月なのだ。

夜半に家に帰ると、純子は、隆夫が首を吊った同じ鴨居の、同じ場所に紐を括って、首を吊っていた。

遺書は一言、

「お父さんとこへ行ってます。

有り難う。

瞳様
母より」

という短いものだった。


そこまで話した瞳は、背筋を伸ばして原田を見据えた。そして言った。

「私からのお話はここまでです。あとは、お聞きになってください」

原田は頷きながら、上目遣いの視線を返した。

「いや、本当にいろんなことがありましたね。お気持ちはお察しします」

瞳は、黙って頭を下げた。原田は顎に手を据え、いくつか尋ねていく。

「お聴きします。あなたご自身で、芝木等を殺したいと思ったことはありますか？」

瞳は、口を一文字に結んで暫く考えていたが、窓の外に目を遣った。そして言う。

「何度か、あります」

「それを実行したことはありますか？」

瞳は、ぐっと唾を呑み込んだあと、正面から原田を見た。そしてはっきりと答える。

「ありません」

「実行しようとしたこともないですか」

これにも瞳は暫く沈黙していたが、やがて口を開いた。

「父と母が残した家宝の短刀で殺すことが、なによりの供養と思いました」

「それを実行しなかったのは、どうしてですか」

これにも瞳は、少し答えに間を置いた。

「店に一人で来たときに実行しようと思っていました。でもその時には他の客があって、実行できませんでした」

原田はふと思い出す。今年の春に「瞳」に行ったときに、そういえば芝木が訪れていた。

「4月か5月頃、僕が最初に店にお伺いしたとき、芝木も来ていましたね。お母さんは出入り禁止にしていたようですが、いつからまた来るようになったのですか？」

「母が死んで半年くらいした頃ですかね……」

「あなたは出入り禁止にしなかったのですか」

「まあ、私に対しては頭が低いので、そこまでしなかったのですが……」

瞳は歯切れが悪い。

「芝木が店に来た時、一人だったら、殺していたのですか？」

瞳は下を向くようにして考えていたが、やがて顔を上げて言った。

「もし、短刀が手元にあったら、そうなっていたでしょう……」

「その短刀は、どこに置いていたのですか」

この原田の質問に、瞳はためらった風を見せたが、

「去年の秋頃から、ある方が強く仰いましたので、お預けしています」

と言う。

原田は少し考える。瞳は銃刀法違反になる。また、凶器を準備して殺人を計画していたのであれば、殺人予備罪にもなりかねない。

しかし、敢えて追及することはせず、話題を変える。今日の本題だ。

「あなたは今年の5月18日の木曜日夜から翌日の朝方にかけて、野末地区中座の芝木等宅に行ったことはありませんか？」

「ありません」

「その他の日に、芝木宅に行ったことはありますか」

「一度もありません」

瞳は一点を見据えるようにしてきっぱりと答える。原田は質問を進めた。

「その日から翌日にかけて芝木等と多美子さんが殺されているのですが、あなたが殺した

のではないのですか？」

「違います」

「芝木夫婦が殺されたその日に、あなたがどこでどうしていたか記憶はありますか」

瞳は、頭を傾げた。

「もう、だいぶ前の話ですが、その日が木曜日ならば店に出ていたと思うのですが……」

「あなたは、今日私にお話ししていただいたことを、誰かに話したことはありますか？」

これに瞳は暫く押し黙った。やがて目を閉じたまま答える。

「はい、話したことはあります」

「その方は誰ですか」

この質問にも瞳は沈黙する。原田が答えを促すと、ようやく言葉にした。

「伯父、伯母とは、何回か話したことがあります。それ以外の方は、ご迷惑をおかけするかもしれないので答えられません」

原田にはその気持ちがわからないではない。名前を出された者は芝木に対する殺人を疑われ、事情聴取の対象となるのだ。

しかし原田は訊かねばならない。

「名前は出さなくても、どういう関係の方かだけでも教えてもらえませんか」

と促すと、

「まあ、お店のお客様ですかね……」

と瞳は応えた。

原田は問を重ねる。

「刀剣を預かってくれた方ですか？」

「はい、その方は母のお友達の方です」


ここで原田は話題を変えることにした。

「この前、小平さんのご自宅を訪問させていただきました」

「そうでしたか、不在ですみませんでした」

「いえいえ、アポも取ってませんでしたのでね」

原田は瞳の顔を注視しているが、動揺は観られない。その目を見つめながら原田は予ての疑問を突きつけた。

「そのとき、裏庭の犬さんと猫さんのお墓を見せていただきましたが、その脇に立てかけてあったステッキのようなもの、あれはなんですか？」

これに瞳は、大きく目を見開いた。

「ああ、あれですね。実は芝木等が持っていたステッキです。父が死んだあと、母のスナックを訪問して、母の気に障ることを言ったので、母が怒ってコップを投げると、驚いてステッキをその場に置いて逃げ帰ったようです。

母が『銀次を殴り殺したステッキに間違いない』と言うので、お墓の前で焚き火の上に置いて火あぶりにしたあと、墓の前に置いていました。まあ、等の首を墓前に供えたつもりでしょう」

原田は加賀を振り返って、「なにか聴くことないか」と水を向けるが、加賀は左右に首を振る。

「このあと調書にしますので、暫くロビーでお待ちください」

原田はそう言って瞳の供述調書作成にかかる。加賀が粗方作っていたので、あまり時間はかからなかった。

出来上がった供述調書を読み聞かせ、瞳の署名と指印をもらって、当日の調べを終了する。

「今日は長い間、ご協力有り難うございました。気を付けてお帰りください」との言葉で、原田は瞳を送り出した。

秋の日の夕暮れは早い。研修所小会議室の窓から見ると、遠く西空に夕焼けがかかり、雲仙の山並みが黒く浮き立っていた。

その場で山下署長に電話して当日の聴取の概略を報告する。

山下は、
「武井君からも新しい情報が入っている。明日は午前中出張なので、午後2時から打合せをするからお前達も来い」
と言うので、原田達はその日は直帰することにした。

加藤の言葉

翌日午後2時きっかりに、南郷署署長応接室で、昨日の原田の捜査結果について検討する。今日、原田の他は山下署長、加藤刑事課長、武井係長と吉田、畠中というメンバーだ。本部捜査一課からの出席はない。隈本市で最近発生したスーパー強盗のため手一杯ということだ。

原田が昨日の小平瞳の調べの概要について報告する。殺人の動機としてはさらに強い動機が裏付けられたが、殺人の事実を認定する証拠としては、めぼしい供述は得られなかった。

逆に、原田が密かに考えていた犬の墓に供えられた芝木等のステッキについては、却って殺人には否定的な説明が得られたことになる。

「動機だけは真っ黒なんですがね……」

と言う原田に、

「アリバイもないよな」

と山下が言葉を返す。

そうなのだ、南郷市から中座までは夜間、車で行けば片道30～40分の距離でしかない。瞳が店を早めに閉めて、車で行って、等を殺して帰るだけの時間は十分にあるのだ。

薄目を開けながら武井が言う。

「それに、あの庖丁の二度刺しは、剣道、居合道二段の瞳にしかできないですよね……」

これには畠中も、吉田も大きく頷いた。

「また、共犯の線も見過ごせない。瞳の話に出てきた、短刀を預かっている店の客とか、相談に乗っている男とか、まだなにも情報がない。そっちの方も調べる必要がある。まだまだ瞳が最重要参考人なのは変わらんね」

と、山下がその日の話を取りまとめた。芝木夫婦殺人事件については、今後も小平瞳の線を追及することになる。

その後、こまごまとした打合せをして、午後5時前に会議は終わる。帰り際、南郷署3階と2階間の階段踊り場で、加藤が原田に声をかけてきた。

「すみません。折り入ってご相談があります。できれば夕食でもご一緒できませんか……」

加藤を見れば、硬い顔で、どこか思い詰めたところがある。原田は「これは断れないな」

と思うが、その日も行き帰りは吉田の車だ。

「吉田も一緒でよければ」と原田が応えると、加藤は「はい」と了解した。

加藤はその場から南郷署が行きつけの田楽料理屋「峠」に電話して、3人分の席を作ってもらった。この日は署から料理屋に直行する。加藤の顔色からして、悠長に温泉に浸かる余裕はない。


田楽料理屋では、客数は3人であるが、若主人が別室を用意してくれていた。囲炉裏を囲んで原田が庭の見える席に着き、その右手に加藤が座り、左手に吉田が座る。いつもの田楽料理が三人の前に既に並んでいた。まだ焼き上がるには時間がかかる。

原田が水を向ける。

「食事の前に話を聞きましょうか」

加藤は、頷いて話し出した。

「原田さんには、十数年前、西署では本当にお世話になりました。僕がこうして警察官を続けてこられたのは、原田さんのお陰です」

これは、九州会事件にからむ事件のことだ。ある警察官が、暴力団抗争事件の捜査中に組員に銃撃されて瀕死の重傷を負い、これに激昂した警察官多数が、逮捕された暴力団組員に集団暴行を加えるという事件が発生した。

その折、隈本西署生活安全課に巡査部長として勤務していた加藤は、上司の係長に指示され、当時西署に留置されていた玉井組の水木若頭に暴力を振るおうとしていた。警察署の柔道場に連れ出し、空手を使うのは憚られたので、殆ど素人の柔道技をかけようとしていたのである。

するとそこに居合わせた原田が、加藤から水木を取り上げた。そして、「素人技は危ないよ。柔道技はこんなにしてかけるんだよ」と言って、鮮やかな内股をかけ、逆さに宙に舞う水木の頭に手を添えて、ごろりと身体を尻から落としてやった。

このことで原田は後日、罰金30万円と停職6か月の処分を受ける。加藤はお陰で処分を免れたのである。吉田もその経緯は知っていた。

昔の礼を言ったあと、加藤は暫く口籠もる。部屋の外を見ると、庭木はその半分くらいが黄色に色づいており、その中に数本の朱色鮮やかな紅葉が映える。

これを見やりながら原田が応えた。

「いや、もう昔の話ですよ。加藤さんも、もうすぐ警視だから、これからますます頑張らないとね」

「それなのに、またご迷惑おかけして、すみません」

加藤は頭を下げるが、言葉がなかなか出てこない。そこへ仲居さんがよく冷えたビール瓶を持ってきた。

「あ、それと仲居さん、烏龍茶を一つ」

原田はそう言いながらビール瓶の一つを開けて、加藤に勧めた。

「まあ、せっかくだから一杯飲みましょう。話はそれからだ」

加藤も原田のコップにビールを注ぎ、吉田の烏龍茶が到着すると、形だけの乾杯をした。ビールを一気に飲み込み、「フーッ」という大きな息を吐いて、加藤が話し出す。

「今、芝木夫婦殺しの線で、小平瞳さんが容疑者として浮上していますよね」

原田と吉田は頷く。

「父親が自殺し、母親もあとを追って、その原因に芝木等が関与しているとして、瞳さんが疑われていますよね」

「そうですね」

「僕は、瞳さんのお父さんとお母さんの自殺の経緯を、瞳さんから直接聞いたことがあるのです……」

驚いた風を見せる二人を前に、加藤はまず、隆夫の自殺の経緯を話し出した。目の前の田楽が次第に焼き上がってくる。原田と吉田は、時折これを口にしながらビールと烏龍茶を飲んで話を聴く。加藤は、最初に飲んだ1杯のビールのあとは、ビールにも、田楽にも口を付けず、ひたすら話を進めた。

隆夫の自殺の経緯は、純子の兄姉、甥姪の話や昨日の瞳の話とほぼ一致する。加藤は、こまごまとした点まで瞳から聴き取っているようで、その話の内容は、昨日、原田が聞いた内容よりむしろ詳しいくらいであった。改めて「本当に優秀な男だ」と原田は感心した。

小一時間近くも話した加藤は、溜息を一つついた。原田がビールを加藤のコップに注ぐと、加藤は何回かに分けて、喉に流し込んだ。

改めて話に戻る。ここからは純子の自殺の経緯である。同じく瞳から聞いたものと寸分違わないような話を加藤は続けた。原田は、瞳との話の違いに注意しながら聞き耳を立てる。

隆夫の死から自分を責め、後悔し、芝木等に対する怒りに苛まれ、やがて精神を病み、二匹の猫の死に力を落として、純子は次第に落ち込んでいく。

そして、隆夫の死から約1年後、純子も自殺した。隆夫が紐をかけていた鴨居の同じ場所に紐をかけ、吊り下がっていた。

夜半に仕事から帰った瞳が見つける。純子の身体を下ろし、救急車を呼び、警察に電話する。当日、現場に駆けつけた警察官の中に加藤がいた。

そこまで話して、加藤は3杯目のビールにようやく口を付ける。原田と吉田の前の田楽は、ほぼ終わっている。原田はビールを飲みながら加藤の話を聞いていたが、そこで口を開いた。

「その話は瞳さんから直接聞いたのですか？」

「はい、そうです」

原田は、ふと頭を傾げた。

「どこで聞いたんですか……」

加藤は少し口籠もる。

「お店とか、いろいろです」

原田は思わず腕組みをして、天井を見上げた。

「お話を聞いたところでは、瞳さんには芝木に対する怨恨が強く推察されますよね。隆夫さんの自殺も純子さんの自殺も、芝木等が原因だと瞳さんは思っている、ということでしょう」

加藤は黙っている。原田は加藤に向き直った。口調も幾分強くなる。

「その瞳さんの供述を、調書にはしてないのですね」

「はい、調書にしていません」

「寺井君とか本山君に指示して、調書にしてもらってもよかったのではないですか？」

「はい、確かに瞳さんには芝木夫婦殺害の動機があります」

そこまで言って、大きく一つ息を吐いてから、加藤が言葉を返した。

「でも、その日、芝木事件があった日に、瞳さんにはアリバイがあるのです」

原田は加藤の顔をじっと見ている。加藤はこれを見返している。

「実は、その日、夕方の8時頃から翌朝の6時頃まで、僕が瞳さんと一緒にいたのです」

「でも、それを証明できるのは、あなただけなのでしょう」

「はい、そのとおりです」

原田は吉田に目をやる。吉田も天を仰いでいる。

「加藤さん」

原田はじっと加藤の目を覗き込んだまま、ゆっくりと言った。

「あなたは、瞳さんに惚れているでしょう」

加藤は顔を赤くして、俯いている。

「男女の関係もあると、皆には思われますよね……」

「はい、瞳さんのアリバイを証明するということは、その覚悟です」

「ううむ……」

原田は、暫く考え込む。警察官が妻以外の女性と関係を持つということは、大変なことなのだ。公務員でも警察官以外ならば、この時代には大した経歴上の傷にはならない。よそに女性を作って妻と離婚し、出世した人を原田は何人も知っている。

しかし警察官は違うのだ。確かに、表向きの懲戒処分を受けることは、それが原因で犯罪とかに繋がらない限り、ないとはいえる。しかし注意処分は受ける。そして、なによりその後の昇進がほぼ絶望となるのだ。そのため、不倫関係がもとで将来への希望を失い、中途退職していった多くの人を原田は目にしてきた。

つまり、加藤が小平瞳のアリバイを証明するということは、警察での昇進を諦めることを意味する。加藤のように、将来警視正、部長職は間違いがない有能な警察官にとっては、自分自身の将来を懸けての、重い決断となる。

これを考えれば、加藤が小平瞳のアリバイを証言すれば、その信用性は極めて高いということを意味するのだ。もちろん愛人を庇うために虚偽の証言をするとも疑われるが、将来を約束されたエリート警察官である加藤の、将来を犠牲にしての証言である。刑事の多くは加藤を信じると思われた。

原田は言った。

「では、お聴きしましょう。事件があった日は、5月18日から19日にかけてです。死亡時刻は、多美子さんについては午後6時頃から午後11時頃の間、等氏については午後11時頃から午前4時頃の間、ということになっています。その間、瞳さんがなにをしていたか、あなたは知っているのですか？」

「はい、知っています。午後5時頃から夕食を食べ、午後7時に店に出られました。午後9時半頃に店を閉められ、その後自宅で過ごし、午前0時半頃に就寝し、午前6時半に起床されました」

「それをあなたが知っているということですが、どうしてですか？」

加藤はきっぱりと答える。

「私が、その日ずっと一緒にいたからです」

原田が吉田を振り返る。吉田が、「僕からも一ついいですか」と言って質問した。

「課長が眠っているときも、瞳さんは確かに横におられたのですか？」

「同じ布団です。もし、どこかに出かけられるならば僕も刑事です。気がつかない筈はありません」

原田が言った。

「今日、私にご相談されたのは、この件をどうしてほしいということですか？」

加藤は応える。

「私の気持ちは決まっています。瞳さんの無実を証明したいだけです。私の身分がどうなるかはお任せします。

ここまで捜査が進んでいるのです。このままでは瞳さんは逮捕されます。どうか逮捕までいくことなく、収めてほしいのです」

確かに、小平瞳の逮捕までいくと、加藤が正式にアリバイの主張をすることになる。とすると、アリバイ成立の可能性が高い。そうなれば、堀田金造、上村和生に次ぐ、隈本県警の失態となる。

「わかりました。早速、山下署長と相談してみます。加藤さんは、暫くはこのことを誰にも言わないでいてください」

そこで加藤がふと言った。

「原田さんは、瞳さんからこの話は聞いていますか？」

「それはどんな話ですか」

それは、瞳が加藤と同じく、隆夫や純子のことを相談していた人物のことだ。瞳の話によると、純子には同年配の男の親友がいて、純子の死後、瞳もなにかと相談していたらしい。その男に瞳は、隆夫や純子の自殺の理由とか、銀次が殺されたときの状況なども話していたようで、家宝の短刀を預けたのもその男だという。

その男の名前について瞳は、「野末地区の中座集落にお住みの、大山という方です。時々、『瞳』にも来ていただきました」と加藤に言ったとのことだ。

原田は思い出した。その男ならば、芝木事件後に宿泊した廃校体育館に酒を持って激励にきてくれた三人の中の一人だ。また思い出した。今年4月か5月頃、「瞳」にいた先客だ。大山に対する事情聴取は後日することになる。

加藤の話が終わると、原田は残りの食事を慌ただしく済ませて山下署長の官舎に向かった。午後8時半である。

山下は、風呂から上がって夕食を食べ、引き続いて一杯飲んでいるところだったが、原田、吉田を招じ入れる。

「どうした。まだこっちにいたのか。それより慌ててどうしたんだ……」

原田は、加藤の話を手短に報告した。山下は驚いている。

「うーん、どうしたものかな……」

山下は頭を抱えて、黙り込んでしまった。暫く、頭を左右に振りながら考えていたが、やっと口を開く。

「これは至急、小平瞳事件の見直しをしなければならんな。明日、緊急の捜査本部会議を招集しようか」

するると原田が異議を唱える。

「署長、それはちょっと待ってください。情報が皆に行き渡ると、加藤課長の不始末が公になってしまいます。あれは男です。なんとか守ってやれませんか」

山下は、我に返ったようだ。

「そうだな……加藤の将来も考えてやらんとな……」

山下は、すっかり酔いの醒めた顔を向けた。

「原田君。なにかいい知恵はないか……」

これには原田も即答できない。暫く考えていたが、とにかく早まって判断してはならない、ということに思い至る。

「署長。すぐにはいい知恵が出てきません。でも、きっとある筈です。それを考える間暫く、この問題は小人数のうちにしときませんか」

原田の言葉に山下も大きく頷く。

「そうだな。明日、吉井部長と相談してみる。もしかして吉井部長から原田君にもなにか訊いてくるかもしれないから、そのときは宜しく対応してくれ」

この問題は、吉井刑事部長と山下南郷署長の間でもう少し時間をかけて検討することとなった。

第6章　事件の結末

夜神楽

野末地区上座、中座、下座の三神社で毎年秋に行われる夜神楽と、上座神社で5年に一度開かれる大神楽は、収穫祭の出し物で、系列的には日向高千穂神社の岩戸神楽の流れである。岩戸神楽は演目全部で33番ほどあり、これを舞い尽くすには数日がかかるそうだ。しかし上座神社の大神楽は、そこまでの規模はない。神楽には各地で保存会もできているが、この地区には保存会までは組織されておらず、昔ながらの地元住民による催し事であった。

武井は、10月14日の土曜日夜に上座神社で開かれる大神楽を見物に行った。神楽を見るのは、まだ結婚したての頃、妻と高千穂神社夜神楽を見て以来で、久し振りだ。

開始は午後7時である。長い階段を上った先にある上座神社には、拝殿と神殿の前に広場があり、１００人ほどの見物客が詰めかけている。拝殿の中にはいくつかの灯明があり、元々は松明だったらしいが、火災予防のため和紙で作った灯籠の中に電灯がつけてある。同じく、拝殿の前に左右に置かれた石灯籠の中の灯かりも電球であり、広場のあちこちに置かれた紙灯籠の中の灯も同じく電球であった。

何人かの世話人が、見物人の間を回って寄付金という名目の見物料を集めていく。その引き換えに、今日の演目の簡単な説明と、上演時間、配役が書かれた紙を配っていった。

上演される演目は全部で5部に分かれる。各1部は数本ずつの演目からなり、約50分の所要時間で、その間に休憩が10分挟まれている。これは、本来の神楽33番を5つの部に分けたもので、昔は夜通し、数日をかけて舞っていたとのことだ。

最初の部は、鈴を手に持った舞手の鈴神楽に始まり、烏帽子を付けた仮衣姿の塩払いや、鈴と榊を手に持って踊る真榊などの舞が続く。二番目の部は、4人の舞手が舞う神迎えの舞や八幡神をたたえる八幡など、神をたたえる舞、三番目が4人の舞手が舞う四剣など、剣舞、闘舞の部、四番目が天岩戸の神隠れの一連の出来事を舞う岩戸の部、最後が豊穣を意味する男女の舞や、神の繁栄を祈願する仕舞の部からなっている。

演目と配役表によれば、上村は各部の中で必ず一度は出演しており、確かに抜け出して堀田金造を殺しに行く暇はない。

久し振りに見る神楽は、最初のいくつかはもの珍しかったが、そのうち厭《あ》いてきた。最初の部が終わって二番目の部に入る頃、武井は帰ることにした。

立ち上がって、最後に舞台を一瞥して、あることに気付く。出演者の多くがお面を付けているのだ。笛や太鼓の楽隊は皆、顔を晒しているが、舞手は、おかめの面や天狗の面、夜叉の面や狐の面、神面など全て面を被っており、一人として素顔で舞っている者はいない。

武井は思った。

「１週間前、上村は本当にここで踊っていたのか？」

誰かに舞手を代わってもらって、外に出ることもできないではない。

帰り道に武井は、深森町馬原の金造別宅近くまで車を走らせてみる。制限速度でゆっくり行って片道50分だ。急げば１時間半もあれば往復できる。犯行時間を入れても、２時間もあれば十分なのだ。

翌週の月曜日、武井は山下署長に相談した。

「署長、実は上村の関西の勤務先などに当たってみたいのですが」

山下が応える。

「なにを調べたいのか？」

「はい、上村の闇社会との関係です」

「拳銃の出所か」

「それもあります」

山下は暫く考えている。武井が続けた。

「僕は、上村が関西の上坂建設勤務時代に知り合った暴力団から拳銃を買って、それで金造を射殺したと考えています」

「君の考えを裏付ける客観的証拠はあるのか」

「動機です。金造を殺したいと思う人間は、上村以外には出てきていません」

山下は立ち上がって、署長室の窓から阿蘇五岳を見上げた。すっかり緑が消え、茶色となった山肌の向こうに、白い噴煙が上がっている。

「堀田、最上、石井、戸部たちはどうか?」

「堀田泰、最上は事情を聴かれただけで、なんの不利益も受けていません。石井たち何人かの議員は逮捕されて議員辞職しましたが、金造を殺したいとまで思うでしょうか。戸部は逮捕もされていません」

「確かにそうだな……君の考えはわかった」

今度は山下の方から訊いてきた。

「上村が関西の暴力団に連絡した形跡はないか。電話の履歴なんかに残っていないか」

「NTTに照会しましたが、上村の自宅固定電話にはありませんでした。しかし、そういう連絡を履歴の残る自宅からするでしょうか。今回逮捕されたときの調べで、上村は電話通信履歴がＮＴＴを調べれば判明することを知った筈です」

山下は窓の外を観て頷いていたが、やがて武井に向き直った。

「君は、暴力団事件をしたことはあるか？」

「いえ、余りありません」

「俺はだいぶ経験した。とにかく奴らは口が堅い。特に拳銃の出所などはそうだ。組織の存亡に繋がるからな。

君が大阪の上坂建設関係者に事情を聞いて、上村が親しかった暴力団員を仮に突き止めたとする。しかし、その組員の口を割らせることは至難の業だ」

武井は、はっと思う。山下はさらに続けた。

「仮に君の推理が正しいとして、それを証明するのには、拳銃を売った組員の線から行っても不可能に近い。それをするくらいなら、上村に当たった方がはるかに可能性は高いと思うよ」

武井は、「わかりました」と応えるほかない。山下は気の毒そうに、

「それに最近、捜査経費の手当てが大変なんだ」

と付け加えた。

武井は、こうなったら上村と直接対決するほかないと腹を括った。しかし逮捕はできない。呼び出すのもどうかと思う。どうせ暫くは、他に自分で担当する調べがない。そう考えてある日、上村の自宅を訪問して話を聴くことにした。

寺井から知り合いの堀田建設事務員に電話してもらい、上村の退社時間を確認し、自宅で待つことにする。

上村の自宅は、中座集落下の外れ、廃校になった小学校グラウンドの隣にある。武井が訪問するのは、任意同行を求めに来て以来となる。上村宅の様子を武井はよく記憶していなかった。上村逮捕時の捜索の際は、他の署員に任せていたのだ。

廃校グラウンド脇の空き地に車を停め、歩いて上村宅に向かう。改めてその家の様子を見れば、道に沿った低い石垣の向こうにあまり広くもない土庭があり、その周囲に何本かの常緑樹と落葉樹の庭木がある。数十年ほどは経つ、かなり大きなものだ。

山里の秋は早い。落葉樹のうち1本は銀杏の木で黄色に色づいており、2本は紅葉で、真っ赤な葉を見せていた。

その奥に、小さな平屋建ての家屋が建っている。瓦葺きだが相当古く、屋根のところどころに草や小さな木が生えていた。

するると道の向こうから原付バイクに乗った男が近づいてきた。お互い顔を見て会釈する。どこかで見た顔のようだ。

「ああ、警察の方ですよね」

と向こうから声をかけてくる。武井が見ると、目の大きな、眉の黒い丸顔の男で、確かに廃校の体育館で会ったことのある大山だった。

「ああ、あのときの……その節はごちそうになりました」

と武井が挨拶すると、大山はバイクを降りてきた。

「今日は何事ですか」

と聞いてくる。

「少し、上村さんとお話があって来ました」

武井の言葉に、大山は少しドキリとした顔をした。武井は見逃さない。

「あとで、あなたにも少しお話を伺いたいのですが、宜しいですか？」

と聞くと、

「別に、いいですが……」

と応える。

そこで、自宅の場所を教えてもらい、上村と話したあと、訪問することにした。

やがて、白い軽自動車に乗った上村が帰ってきた。もう薄暗くなっている。庭の隅に車を置いているところへ、武井の方から近づいていく。

「こんばんは、南郷署の武井です」

と挨拶すると、上村は怪訝そうな顔をして振り向いた。

「どんな御用ですか?」

「少し、ご機嫌伺いに来ました。無実の罪で逮捕したお詫びです」

武井はそう言って、手土産の菓子折りを差し出す。南郷市の有名な最中だ。

「家の中は散らかしているので……」

菓子折りを受け取りながら、上村は庭の隅にある木の椅子を勧めた。紅葉の木の下に、木製の机を挟んで椅子が2脚、対面に置いてある。

「綺麗なお庭ですね」

と武井がほめる。

「父母が植えた木ですので、枯れない程度に世話しています」

と上村は返した。

暫く沈黙が流れる。武井は、黄色の銀杏や赤の紅葉を眺め回していたが、やがて口を開く。その目は紅葉に向いたままだ。

「ここで、芝木多美子さんとお話しされていたんですね……」

暫く間を置いて、上村が、

「はい」

と小さく応える。

「早いもんですね。もう事件から5か月近くですか。あなたにも、ご迷惑おかけしましたね……」

上村は口を閉じたまま、小さく頭を縦に振った。暫くして、上村の方から言葉をかけてきた。

「芝木さんご夫婦の殺人事件は、まだ解決しないのですか?」

「残念ですが、そうです」

武井はそう答えながら上村の顔を見る。上村は、顔を上げて銀杏の枝に目をやっていた。

そこで上村は立ち上がり、玄関脇へ行って、なにかスイッチを押していたようだ。突然、庭に向けての照明が一気に灯いて、庭全体が浮かび上がる。

「ほおー、また一段と綺麗ですね……」

思わず武井から感嘆の声が出た。このような山里ならではの景色である。

武井は上村に目を戻して、言った。

「調べで、あなたは多美子さんを殺したのは堀田金造だと言っていましたが、今でもそう思いますか」

上村は暫く黙っていたが、「はい」と答えた。

「でも、堀田金造は死にました」

武井の言葉に上村は無言である。そこで武井が続けた。

「あなたは、金造が誰に殺されたか心当たりはありますか？」

「あんな人間ですからね。沢山いるんじゃないですか」

「あなたが知っている人の中にはいませんか」

「……まあ、お互い共通の知人はいませんからね」

武井は話題を変える。いつの間にか、武井は取調べ時の無表情になっていた。

「この前の土曜日、上座神社の大神楽を見に行きましたよ」

「へえ、そうですか」

上村は驚いたような顔をする。

「興味がおありですか……」

「いや、神楽を見るのはもう二十何年ぶりですので、たまたまです」

風が少し出てきたようだ。いくつか落ち葉が舞っている。

「あなたも、出演されていたそうですね」

「はい」

「毎年出ているのですか」

「中座神社の神楽にはだいたい出ていますが、上座神社の大神楽は、帰ってきてから出るのは初めてです」

「そういえば、大阪の会社に勤めておられたんですよね」

「正確にいうと堺市ですがね」

「詳しくはお聞きしていませんが、退職されたのは、暴力団との関係を疑われて、ということでしたかね」

上村は、ここで答えに少し間を置いた。吐息を一つついて言葉を出す。

「……もう、本当に忘れたんです。いい思い出ではありませんからね」

「そうですね」

また、暫く沈黙が流れる。

「上村さんは、堀田金造氏が殺されたのが拳銃だったことは知っていますか？」

「はい、新聞に書いてありました」

「大阪では、拳銃を入手するのは難しくないのではありませんか」

「どうでしょう。手に入れようと思ったことがありませんので……」

辺りはすっかり暗くなる。山里の夜の空気は一気に下がっていく。だいぶ肌寒くなった。

武井は立ち上がった。

「いや、本当にこの度はご迷惑をおかけしました」

と言って、上村宅を後にする。


武井はその足で大山宅に向かう。大山の家は中座集落の中ほど、家並み3軒の真ん中である。上村宅と同じく、瓦葺きの平屋建てで、あまり立派な造りとは見えない。

玄関前で「こんばんは」と声をかけると、太った初老の女性が出てきた。

「ああ、警察の方ですね。どうぞどうぞ」

と家の中へ招き入れ、玄関脇の客間らしい部屋に案内する。もう炬燵が出されており、座布団を勧められた。

武井は「お邪魔します」と言いながら、そこへ座る。すると、隣の居間らしい部屋から大山が入ってきた。武井を見ると、「上村さんとはお話しできましたか」と訊いてくる。

「はい」と答えると、「どんなお話をされたんですか」と更に聴く。

どちらが刑事かわからない。武井は冷たい目を向けた。

「まあ、捜査に関係することは話せないんですよ……」

そう言うと、大山は大きな口を開けたまま、頭を縦に二度ほど振った。武井の尋問が始まる。

「私の方から少し聴かせてください」

「はい……」

大山は畏まった様子だ。

「実は、この前の土曜日、上座神社の大神楽を見せてもらいました。あなたは出演はしていなかったのですか？」

「はい、今年は休みました」

「それはどうしてですか」

「姪の結婚式と重なったからです」

「本番前に練習がありますが、それには出てたのですか？」

「まあ、本番に出られないので、稽古にも参加していません」

言葉は穏やかだが、武井は大山の言葉や態度に注意している。しかし、ここ迄の大山の応答に特に不審な様子はない。

「練習は稽古というのですか。何回くらいあるのですか」

「1か月ほどの間、ほぼ毎週、週末ごとに1～2時間からあります。大神楽の前の週には、当日と同じ、5時間通しでの稽古があります」

武井は、それは大変だと思う。伝統芸能を承継することの大変さが窺《うかが》われる。

「では1週間前の通し稽古には、あなたは出ていないのですか」

「はい」

「ふーむ……」

武井は少し質問に間を置いた。

「稽古はしなくとも、その場所には行っていませんか」

「行っていません」

すると、武井がじっと大山の目を覗き込んだ。

「通し稽古のときは、皆、本番のお面を付けているのですか」

「はい、普通の稽古では付けませんが、通し稽古のときは付けます」

「あなたの背格好は、上村和生さんと殆ど同じですね。あなたが上村さんに成り代わって稽古に出ていても、人にはわからないのではないですか？」

これには大山が目を大きく見開く。

「そんなことありませんよ。誰が言うんですか……」

「いや、これからそう言う人がいないか、調べてみます」

「はあ……」

大山は確かに動揺している。武井はじっと大山を見据えたまま、さらに話を進めた。

「上村さんとは親しい友達ですか」

「小中学校の2学年違いで、家も近いからですね」

「上村さんはその通し稽古の日に出ていたかどうか、知りませんか」

「本番にも出ていたので、通し稽古にも参加していたと思いますよ」

武井はそこで話題を変えることにした。余り急に突き詰めても、逆効果なのだ。

「このお家にはいつからお住まいですか」

「生まれてからずっとです。死んだ父もこの家で生まれたそうですから、１００年ほどにはなりますね」

「町も遠くてなかなか不便でしょう」

「まあ、そうですね」

そこへ妻がお茶と茶菓子を持ってきた。茶菓子は、家庭で作る笹饅頭のようなものだ。

妻が話に割り込んでくる。

「でも、この人はホント若い時分から遊び人で、朝帰りばかりだもんね」

「人聞きの悪いこと言うな」

そう妻を叱って、大山は武井を向いて言い訳をする。

「いや、街まで行って飲んだら、タクシーで帰るわけにはいかないんです。そんな金ありませんからね。そこで車の中で寝て、翌朝帰ったりしていたんですよ。遊び人の『朝帰り』とは違います」

武井が言った。

「そういえば、この前小学校体育館でお会いした日も誰かが言っていましたが、南郷市駅前の『瞳』には行かれているそうですね」

するとと妻がまた口を挟む。

「あの店は『純子』の時代からよく行ってたよね」

「なに言ってるんだ」

「ホント、女に興味ない筈なのに、あの店だけはなんで行くのかね……」

「もう、あっちに行けよ」

大山が強く言って、やっと妻は出ていった。武井は、今日はこの程度にしておこうと思って席を立つ。玄関を出る時に、もう一度聴いた。

「本番前の通し稽古の日に、本当にあなたは行っていませんか?」

これに大山は、

「行っていません」

ときっぱりと答える。

帰りの夜道は殆ど真っ暗である。今日は月も出ていない。ヘッドライトに浮かぶ景色が見えるだけだが、武井は、心の中にしっかりと手応えを感じていた。

大山一樹と上村和生

翌朝10時から南郷署署長応接室で恒例の捜査会議が始まる。10人掛けの楕円形の応接机の一番奥に山下が座り、左右に原田と吉田、武井と畠中が対面で着席する。

「まず、武井君。説明してくれ」

山下が言うので、昨日武井が上村和生と大山一樹の自宅を訪問し、聞き取ったことを説明する。

続いて山下に促された原田が、先日の加藤の話を説明する。小平瞳のアリバイの話である。

山下が言う。

「金造事件は急転直下という言葉があるが、まさにこれだね」

それに武井が応じる。珍しく、声が弾んでいる。

「はい、金造殺人事件当日の上村のアリバイは、今一度、洗い直す必要があります。上村が大山に替え玉を頼んで、大神楽の通し稽古の場を抜け出し、金造殺害に及んだ可能性が出てきました」

これに原田が続けた。声が低い。

「でも、小平瞳の線はかなり厳しくなりました。加藤課長の証言で、ほぼ消えるのではないですか。もちろん、話の中で出てきた銃刀法違反や殺人予備で逮捕して調べるという方法もありますが、いかにも無理筋です。賛成できません。

ただ、新たな人物が浮かんできました。純子の友人で、『瞳』の客でもあった、大山一樹です。この男は、中座地区の住民で、廃校体育館に激励に来た三人の中の一人です」

すると、畠中が原田に質問した。

「その、純子さんと大山一樹が親友だったという点ですが、男女関係があったということですか？」

原田が答える。

「いや、そうではない。俺には匂いでわかるんだ。あの男は、性別は男だが、女性より男が好きなんだ。そういう男は、女性と親友になれる。男とは、性欲の対象で、恋愛関係にはなれるが親友にはなれない」

吉田が続ける。

「原田先輩が調べた、菊川署での保険金殺人事件実行指揮者だった浜中がそうでしたね」

武井も言った。

「その大山と小平純子が親友であれば、金造事件の犯人隠避だけでなく、芝木等殺人への関与も疑われますね」

「そういうことだ」

　と山下が大きく頷く。そして続けた。

「明日から、この４人に本山、寺井を入れた捜査体制でいく。南郷署主体だ。暫く、本部には伏せておく。吉井部長は了解済みだから大丈夫だ。

　加藤課長の件は、俺と刑事部長のほかはこの６人だけにする。本山と寺井には俺が言っとく。いいな」

「はい」

　全員声を合わせる。そこへ山下が檄を飛ばした。

「明日から、皆で大山・上村の身辺と、小平家などとの繋がりを至急補充捜査しろ。それが終わった段階で、上村と大山を同時に調べる。上村は金造殺人の容疑で、大山は上村の身代わりをした犯人隠避の容疑だ。

　早速、今日午後から取りかかれ。ただし、焦ることはない。ようやく頂上が見えてきたんだ。頑張っていけ」


　その日の午後から、上村と大山の関係、大山と小平家の関係などについての捜査に入る。原田、吉田と武井、畠中の他、本山、寺井も協力する。上村和生や小平純子、それに隆夫、瞳の学歴経歴や、芝木権蔵、等の貸金歴などはこれまでの捜査で資料が揃っている。その日から2日もすれば、おおよそ次の事実が判明した。

大山一樹は上村和生の2歳上であるが同じ小中学校の卒業である。1学年1クラスの小さな学校で、同じ中座地区育ちであるので、ごく親しい関係であった。

高校は地元の南郷市にある県立農業高校卒業で、そのあと、実家の農・林業をしながら近辺企業の林業や建設作業に出て生計を立ててきている。一時期、小平隆夫が経営していた建設会社に勤務していたことがある。その建設会社には、倒産するまで5年以上勤務していた。

結婚して女の子が一人生まれた。現在は関東地方に就職している。娘は結婚してからは殆ど帰ってはこないそうだ。それで妻の方から時折娘家族を訪ねている。

妻がおり、子供も一人できたものの、中座集落の住民も、学校時代の同級生も、仕事先の同僚も、大山のことを「あれはオカマだ」と言う。しかし一方で、誰にも分け隔てなく優しい性格は、広く認められていた。特に女性には、「頼りがいのある話し相手」として人気が高かったようである。

大山は、芝木多美子の話し相手でもあった。多美子が大山宅に相談に来たこともある。妻は、夫の男女の好みをよく知っているので、特に焼き餅を焼くこともなかったらしい。

ただ、大山は酒好きであった。友人、知人を訪ねて、深森町馬原を始め、南郷市や、時には隈本市まで酒を飲みに行っていた。しかしタクシーで帰ったり、ホテルに泊まる金はないので、そんな日は車の中で寝て、翌朝帰っていた。

慎重な性格で、きちんと酒を抜いてから帰っていたので、飲酒運転での検挙歴はない。

小平純子とは歳も近く、隆夫の競輪狂いが嵩じて建設業が傾いた頃から、なにかと相談に乗ってていたようだ。純子の姉も、瞳も、一緒に大山と会って話をしたことがある。

純子がスナックを開いてからは、月に一度くらいは必ず訪ねていたようだ。客がいなくなってから長い時間、二人で話していたこともある。

大山は、隆夫の自殺の経緯も、純子の自殺の経緯も、犬の銀次が等に叩き殺されたことも、詳しく瞳から聞いてよく理解していたとのことである。

上村和生と大山一樹は、上村が中座に帰ってからは、歳も近いことから特に親しかったようだ。中座では、柿原を入れた三人が一番仲のいい友人と思われている。

互いの家を訪問していたが、柿原と大山には妻がいるので遠慮があり、勢い、上村の自宅に集まる回数が多くなる。大山も柿原も、上村と多美子の仲を感づいていたが、敢えて口には出さなかったようだ。

また、武井は畠中と手分けして、大山と上村の写真を持って上座神社大神楽の出演者全員に当たった。大神楽通し稽古の日に上村と会ったかどうか、会ったとしてその時間帯を調べたのである。その結果を武井は一覧表でまとめていた。

その中で重大な情報がもたらされた。それは、上座神社での大神楽通し稽古日に大山一樹を確かに見た、という人物が現れたのである。その人物は隈本市在住の中座集落出身者で、小中学校時代、大山と上村の間の学年だった。当然二人をよく知っている。

「確かに大山さんとトイレで会った。衣装を着て、お面を頭に上げて顔を出していたので間違いない」とその人物は武井に明言した。

1週間と少しの間をこれらの捜査に費やす。翌週末金曜日にそれら情報を取りまとめて皆で検討し、土曜日の朝から上村と大山に事情を聴くこととする。任意での聴取であるので、仕事のない日を選んだのである。


10月28日土曜日の朝10時に、南郷署2階の取調室で、原田は大山と向き合っていた。補助官席には吉田が着いている。

「おはようございます。元三座小学校体育館でお会いして以来ですかね。あの折はお世話になりました」

と原田が言うと、大山は「宜しくお願いします」と応える。

そこで原田が、取調べにかかる。

「今日、来ていただいたのは、堀田金造さん殺人事件のアリバイ工作についてお聴きするためです。これは、証拠湮滅行為で犯人隠避という犯罪になり、あなたはその被疑者ということになります。わかりますか?」

大山は、「はあ……」と、よく飲み込めない様子だ。

「そういうわけで、あなたには黙秘権があります。言いたくないことは言わないでいいですよ」

まだ大山はよく事情が理解できないらしかった。構わず原田は尋問を進める。

「あなたと柿原さんと上村さんは、普段から仲がいいようですね」

「はい、仲はいいです」

「上村さんと芝木多美子さんは、仲がよかったそうですね」

「仲がいいとは……どういう意味でしょう」

「男と女の仲だったという人がいるんですがね」

これには大山は黙った。暫く考えている。

「まあ……疑ってはいましたが、知っていたかと言われると……」

「わかりました。それでいいです。多美子さんは、時折あなたにご相談などしていたということですが、そうですか？」

「はあ……時には相談というか、お話を聞いてあげることはありました」

「それは、どんなお話でしたか」

「芝木さんのご主人のこととかが多かったですね」

「それは、ご主人のどのような行動についてですか」

大山は、天井を見上げて考えながら、ゆっくりと答える。

「一つは、金貸しで他人を苦しめるのをやめさせられないだろうか、ということでした。また、どこかの女性に横恋慕して、苦しめているのをなんとかできないか、というのもありました。

その他、最近急に怒り出したり、乱暴になったりする、認知症ではないか、というのもありました……」

原田は淡々と問い進める。

「それに対して、あなたは助言というか、どう答えていましたか」

これに大山は溜息を一つついた。少し俯いて、上目遣いに小さな声を出す。

「まあ、私が等さんに意見しても聞く筈がありません。多美子さんもわきまえた上での質問、愚痴みたいなものです。いつも、聞いてあげて、それで仕舞いでしたね……」

原田は大山の目を、優しく見返した。

「多美子さんのご相談の中に、上村さんとのことはなかったですか」

「いえ、それはありません」

原田から目を逸らして、大山はきっぱりと否定した。

ここで原田は話を変える。

「あなたの身長、体重はどのくらいですか」

「はい、身長１６８センチ、体重70キロくらいです」

「お見かけしたところ、上村和生氏と同じ背格好のようですが、そういわれたことはありませんか？」

「いえ、特には……」

「ところで、あなたは、中座集落の出身者で、あなたより一つ年下の、宇藤哲という人は知っていますか」

これには大山は言葉が詰まる。すかさず原田が答えを促した。

「どうですか、知っているでしょう」

「……はい」

大山は小さく頷いた。

「その宇藤さんが、今年の10月７日に上座神社で行われた大神楽の通し稽古に、あなたも出ていたと言ってるのですが、そうではありませんか？」

「いえ、出ていません」

「宇藤さんは、トイレであなたに会ったと言ってるのですが、違いますか」

大山はしきりに首を捻っていたが、やっと言葉にした。

「稽古に出たのではなくて、今年は大神楽に出られなかったので、本番の代わりに見に行ったのです」

原田はその返事に「ふむ……」と言って暫く考える。予想した回答ではないようだ。

原田の質問は続く。

「でも宇藤さんは、あなたがその時、装束を着て、お面を頭に被っていたと仰ってるのですがね」

「それは、誰かとの見間違いでしょう。当日は出演者の他に、僕のような見物人が何十人かいたからですね」

「わかりました」

そう言って原田はさらに質問を変える。

「あなたとは、南郷駅前のスナック『瞳』でお会いしたこともありますが、覚えておられますか?」

「ああ、あの日ですね」

「その店にはよく行っておられますか」

「はい、たまに行きます」

「スナック『純子』の時代からよく行っていたのではありませんか」

「はい、純子さんは以前勤めていた小平建設の社長の奥さんで、よく知っていましたので……」

原田は大山の目を覗き込むような仕種をした。細い目の奥がキラリと光る。

「いろいろと相談を受けていたのではないですか……」

原田の声は、低く重くなっている。大山は、少し仰け反る様を見せた。

「まあ、相談というか、話し相手にはなっていました」

「純子さんとの話の中で、隆夫さんのことで相談されたことはありませんか……」

ここで「ごくん」と唾を呑み込んで、大山が聞き返してきた。

「どんなことをですか……」

「競輪のこととか、借金のこととか、会社倒産のこととか、山林を取られたとかですが……」

するると大山は、思い直したように背筋を伸ばし、きっぱりと言う。

「そんな話はなかったです」

「では、純子さんの話の中で記憶しているものは、どんなものですか」

大山は、また暫く考える風をする。

「そうですね。隆夫さんの普段の様子とか、瞳さんの近況とか、スナックの客のこととか、飼っている犬と猫の話とか、取り留めのないものでした。ただ、聞いてあげると喜んでもらえる、という気持ちでしたね」

「隆夫さんの自殺の理由とか聞いていませんか？」

「亡くなられたご様子はお聞きしました。満月の綺麗な夜だったようです。庭に紫陽花の花が咲いていたそうです。自分も、あのような綺麗な景色の中で死にたい、と言っておられました」

大山は下を向き、目を閉じて、思い出すように話をする。

「なにか、芝木家に対する恨みつらみのようなことはお聞きしていませんか？」

この質問に大山は目を開けた。

「いや、そういうことはこの近辺では公然の秘密です。誰でも知っています。でも、純子さんは、そういう話は殆どされませんでしたね……」

原田は、一息ついて、また淡々とした話し振りに戻る。

「純子さんのほかに、瞳さんとも話をされたことがあるでしょう」

「はい、純子さんが亡くなったあと、何度かお話ししました」

「瞳さんとは、どんな話をされましたか」

大山は、苦しそうに顔をゆがめた。

「瞳さんの話は、聞いていていて辛いものが多かったですね」

原田の声は、また低く、重くなる。

「それは、具体的にはどんなものですか……」

「はい、隆夫さんの自殺や純子さんの自殺の経緯《いきさつ》です。私は聞いていて、純子さんの友達でありながら、それを知らずにいた自分が恥ずかしくなったことが何度もあります」

「瞳さんは芝木等を恨んでいたようですか……」

「それはそうでしょう。お父さんとお母さんがあれだけのことをされたんですから。犬の銀次が殺されたことだけでも、人間として絶対に許せません」

「瞳さんは、等を殺したい、ということを話してはいませんでしたか？」

「そんな話は聞いていませんが……」

そう言って大山は言葉を呑み込む。原田の顔と声が厳しくなった。

「あなたは、瞳さんに『頼金光』という小平家の家宝の短刀を見せてもらったでしょう」

大山は言葉が詰まる。原田の目は、また輝きを増してきた。

「この短刀を一時期お店に置いていた、と瞳さんは言っていました。あなたは見せてもらったことがあるでしょう」

大山は、これにも言葉が出ない。原田は腕を組み、大山を見据えながら沈黙に任せた。やがて堪えきれなくなったかのように、大山が聞き返してきた。

「なにか、小平瞳さんが、芝木さん殺人の件で犯人と疑われているのですか？」

原田は、ゆっくりと頷いてみせた。

「そうです。芝木等に対する恨みを持っている者は小平瞳さんです。その恨みは、これまでの調べの中では、他の人に比べて格段に大きいのです」

大山の声が掠れてきた。

「では、小平瞳さんが犯人なのですか……」

「そう決まったわけではありません。でも、今の段階では最重要参考人です」

「はあー……」

という長い溜息をついて、大山は黙り込んでしまった。そして、胸に手を当てる仕草をする。

観ていた原田の顔色が変わった。

「大丈夫ですか」

と声をかけるが、大山は頷くだけで言葉が出ない。息もだいぶ荒くなってきた。

原田が大きい声を出す。吉田は部屋を飛び出していった。

「吉田、救急車を呼べ！」

その日の調べはそこまでとなる。病院で診察を受けた大山は、緊張で血圧が高くなって意識が朦朧としたが、脳出血とか、脳梗塞とか、脳の病変はなく、また心臓にも異常はなかった。しかし、念のためその日一日は入院となる。その後の取調べをどうするかは、上村の調べをみた上でのこととなった。

原田が大山の取調べに入る少し前、土曜日の午前9時、武井は南郷署1階の交通取調室で上村と対峙していた。補助官は畠中である。

「朝早くからお出でいただいて有り難うございます」

と武井が切り出すと、上村は、

「いや、いつになったら取調べが終わるんでしょうね」

と応じる。

「すみません。もう少しで全容が解明できますので、ご協力ください」

武井が頭を下げると、

「今日はどの件ですか？」

と上村の方から聞いてくる。逮捕・勾留も経験し、余裕さえみえる。

武井は、ぐっと顎を引いて、上村の目を覗き込むようにして言った。いつもの無表情である。

「堀田金造氏殺人事件の件と、芝木夫婦殺人事件の件です」

上村も武井を見返している。

「芝木さんの事件は、アリバイが証明されて終わったのではないですか？　それに、堀田金造氏の件もいろいろ調べておられたようですが、事件当時私は上座神社の大神楽の通し稽古に出ていて、アリバイがありますよ」

すると武井が笑顔を見せながら言った。しかし、目は笑っていない。

「芝木多美子さんの件では、あなたに完全なアリバイはなく、まだ終わっていません。また、堀田金造事件のアリバイにも疑問を持っています。いずれにせよ、被疑者としての取調べですので黙秘権があります。言いたくないことは言わないでもいいですよ」

上村は、二、三度小さく頭を振りながら、「はい」と答えた。

武井の作り笑いは消え、二人のやり取りが始まる。

「あなたは、大山さんとは、よく会ってお話をしたりしていますか」

「はい。たまには、ですね」

「ご自宅で酒を飲んだりもするのでしょう」

「たまには、ですね」

「柿原さんとはどうですか」

「大山さんと自宅で酒飲むときは、柿原さんもいるのが多いです」

「芝木事件の捜査が始まって、元三座小学校の体育館に来ていただいたとき、芝木さんの発見状況については、柿原さんから聞いていましたか」

「はい」

「柿原さんは、芝木等さんの死体を見つけたのですよね」

「はい」

「多美子さんの死体は見つけていたのですか」

これには、上村は暫く考える。

「いや、昼頃息せき切って知らせに来たのには、等さんだけの話のようでしたが……」

「柿原さんは多美子さんを見つけてはいなかったのですか」

　これにも、上村は頭を傾げながら答えた。

「どうでしたかね……多美子さんを見つけたのは救急隊員ではなかったかな……」

「ところで、あなたが芝木等氏からの電話を受けたのが、午後7時半、ということでしたね」

「はい、その頃です」

「実は、その時間に既に多美子さんが死亡していた可能性があるのですが、知っていますか」

　これに上村は、唇を噛む仕草をした。

「そのようですね……」

「それだけではないのです。多美子さんの死因の硬膜下血腫という傷害は、外傷を受けてから死亡するまでかなりの時間がかかることがむしろ普通だそうです。そうなると、多美子さんは、夕食を食べた午後5時～6時頃の直後に、頭部に傷害を受けて意識を失って、その後暫く生きていた可能性があることになります」

　上村は、顔を上げて武井を見た。

「そうだとすれば、僕が芝木さん宅に行っていた時間に、多美子さんを見つけて病院に連れて行っていたら、多美子さんは助かったのかも知れませんね……」

武井は、無表情のまま、応える。

「そうです」

上村は、無念そうに顔をしかめ、下を向いて大きな溜息をつく。武井は淡々と質問を続けた。

「その日、7時半過ぎに芝木宅に行く前は、なにをしていましたか」

上村は暫く考える。もう、半年も前のことになるのだ。

「家で、大山さんと一杯飲んでいましたね。まだ飲み始めですが……」

「あなたが芝木氏宅へ行くことは、大山氏には言いましたか」

「よく覚えていません」

「でも、電話のやり取りなどで、あなたが芝木宅に向かうのはわかるのではないですか」

「まあ、そうでしょうね……」

そこで武井は話を変える。

「上座神社の大神楽を見てきたのは、この前お話ししましたよね」

「そうだそうですね」

「本当に、盛大なものですね」

「物珍しいとは思いますよ」

「あなたは、今年の大神楽には出ていたのですよね」

「はい、出ていました」

「なんの役をしていましたか」

「剣舞とか、円舞とか、集団で踊るものです」

「大山さんは出ていましたか」

「今年は休みと言っていました」

　上村は淡々と答える。武井は、上村の反応に気を配りながら、あくまでも静かに、次の質問を突き付けた。

「大神楽1週間前の土曜日に、通し稽古があったそうですね」

「はい」

「あなたは出てますよね」

「当然です」

「あなたは、宇藤さんという地元出身の方を知っていますか？」

「はい、三座小学校で1学年上の人なら知っています」

「その方が、通し稽古の日に大山さんと会ったと言っているのですが、大山さん来てましたか？」

　この質問に、上村は顔を顰《しか》めた。

「本番に出ないのに、通し稽古に来るはずないですがね……」

「本当に来ていないのですね」

「僕は見ていません。また、来ていたならば僕に黙って帰りはしないと思います」

「あなたはその日、稽古の間、ずっと上座神社にいましたか？」

「はい、いましたが……」

「でも、出ずっぱりというわけではありませんね」

「はい、５部になっていて、各10分の休みを入れて、各1時間です。各部には、必ず2回以上は出番がありますので、まあ、他所《よそ》に行く時間はありません」

「そうですか……」

武井はそう言うと、畠中を促して一枚の紙を持ち出し、これを上村の面前に広げる。

その紙はなにかの表のようなもので、横に21、縦に10の升が書いてあり、合計２１０の升がある。その中の一部の升に、丸印が記入してあった。

「大神楽の通し稽古参加者全員に、あなたを見たかどうか聞いてみたのです。その結果をまとめたのが、この表です」

見てみると、一番上の升に横に並んで、上村を除く21名の名前が記入してある。その下の10段の升は縦が7時から12時までの5時間を30分ごとに刻んだ升になっている。

「あなたを見た時間を、出演者全員に聴き取って、記憶がある時間に丸を入れてもらったものです」

上村は、その表に見入っている。武井は表情のない顔で、上村の顔とその表を見比べていた。

「なにか感じませんか、上村さん……」

確かに、その一覧表を見れば、丸印が付いているのは全体の６割くらいの出演者である。また、その６割の出演者も、上村を見た回数は、多い者で４回、少ない者で１回である。また、見かけた時間は、午後７時から８時半までの間と、10時半から12時までの升に限られており、その他の時間帯、つまり午後８時半から10時半までの時間帯の升には、丸印が全くなかった。

「これはなにを意味しますかね……」

武井は顔色は変えず、上目遣いに上村を凝視した。上村は応えない。暫く沈黙が続くと、その時、突然サイレンの音が聞こえ、救急車が南郷署玄関に到着した。慌ただしく走る人の物音が聞こえる。武井は畠中に指示して様子を見に行かせた。調べは暫く中断する。

やがて帰ってきた畠中は、上村を横目に見ながら武井に報告する。

「調べ中の大山一樹が、具合が悪くなって病院に運ばれたとのことです」

「どうしたんですか。大丈夫ですか……」

上村は思わず声を上げた。畠中は、

「なにか、胸を押さえて、声が出なくなったようです。大事にならんといいですがね」

と言っている。

暫く沈黙した後、武井は調べを再開する。

「早く質問に答えていただいて、調べを終えて見舞いに行かれたらどうですか……」

これに応えず、上村は額に手を当て、俯いてなにか考え事をしている。武井は、暫く上村に任せた。

やがて上村が顔を上げ、口を開いた。

「大山さんも、僕と同じことを聴かれていたんですか？」

「そうだと思いますよ」

「そうですか……大山さんは血圧も高いですもんね」

上村は、両手を顔にやって、髪をかき上げたりしていたが、顔を縦に三度大きく振って、武井を見た。そして言う。

「もう、大山さんを苛めないでください。言いますよ。確かに、大神楽の通し稽古の日、僕は大山さんに身代わりを頼んで、2～3時間他所に行っていました」

「どこに行っていたのですか……」

すると上村は目を大きく開き、武井を見据えて言った。

「今日はここまでです。これは任意でしょう。帰ります。今から大山さんの見舞いに行って、大山さんが大丈夫だったら、なんでもお話しします」

武井は畠中と顔を見合わせ、「ふっ」と笑ってみせた。畠中が席を外し、誰かに指示を仰いでいるようだ。やがて帰って、武井に耳打ちする。

武井は上村に、取調べと同じ顔を向けた。

「いいでしょう。今日は帰って結構です。でも、明日9時に必ず、またここにお出でください」

その日の上村の調べは、そこまでとなった。

その日の午後、食事のあとで署長室に集まり、原田と武井が当日の調べの結果を報告して、明日からの段取りを検討する。それまでに、大村の状態は、致命的病変ではなく、命に別状ないとの報告が来ていた。

報告を受けた山下は、満足そうに頷く。

「そこまで行ったら、明日上村は落ちるね。たぶん金造殺人を自白するだろう。令状請求の準備が必要だ。また、大山が上村の身代わりになったのは犯人隠避罪だ。これも元気が回復すれば逮捕状が必要だ」

原田が眉間に皺を寄せて、ふと言った。

「令状請求はどうしますか……」

請求責任者の刑事課長加藤は、山下の指示で病気療養中である。山下は応える。

「加藤君があああなので、佐田刑事官にさせる。武井君も原田君も、佐田君と今日中に相談して準備してくれ」

吉田が心配顔で言った。

「上村は自殺とかしないでしょうね」

武井が、それまで瞑っていた目を開け、きっぱりと応える。

「あの男は肝が据わっています。その心配はありません」

山下はその語調に驚くが、

「まあ、そのときは、そのときだ」

と話を引き取って打合せは終わる。明日からは上村の取調べと、もし大山の体調がよければ、大山も調べることとなる。

自白

翌日曜日の午前9時、上村は出頭した。大山の具合は悪くなく、今日中にも退院になるようだ。

「大山さん、どうでしたか」と武井が聞くと、「はい、元気でした」と答える。

「昨日のお約束です。大神楽通し稽古の場から抜け出して、どこへ行ったか話してください」

上村は一つ頷いて話し出す。明るい、よく通る声だ。

当日、午後９時少し前に、大山に代わってもらって上座神社を抜け出す。裏手に置いていたオフロードバイクに跨がり、暫くはライトを消して進む。だいぶ神社から離れたところでライトを点灯し、一気にスピードを上げた。40分ほどで深森町馬原の金造別宅に着く。金造の在宅は、大山と入れ代わるときに、確認している。その直前に、大山が公衆電話から電話を入れて在宅を確認していたのだ。

金造宅に着いて呼び鈴を鳴らし、出てきた金造に、ドア越しに「宅配便です」と声をかけるとドアを開けた。

中に入ると金造に拳銃を突きつけ、「騒ぐと撃つぞ」と言う。拳銃にはあらかじめタオルを巻き付けて、銃口だけが出るようにしている。

すると金造が後ずさりするので、これを追って居間に入る。壁を背にして立った金造に拳銃を突きつけたまま、いくつか言葉を交わした。

「なんで来たかわかるか」

金造は顔を横に振るが言葉は出ない。

「お前が多美子さんを殺したろう」

と続けるが、これにも金造は無言で余所《よそ》に目を遣っている。しかし、この男が嘘ばかりつくのには飽き飽きしている。上村だけではなく、警察も散々振り廻された。簡単に信じるわけにはいかない。

「あの日、夕方、お前は芝木宅に行っただろう」

と畳みかけると、金造は、

「行っていない」

と、やっと声を上げた。上村は信じない。ますます腹が立ってきた。

「嘘ばかり言うな。殺すぞ！」

上村が大声を出すと金造は、今度は頭を抱えるようにして言う。

「行ったよ、行ったよ……」

上村が少し声を落として、さらに訊く。

「何時頃、行ったのか」

すると金造は少し間を置いて、

「……夕方かな」

と答えながら、へたり込むようにその場に腰を下ろした。壁に背を持たれかけさせている。上村も腰を下ろし、片膝をつきながら話を続ける。

がする。

「俺と電話で話した、どのくらい前か」

金造は、目を瞑って黙っている。首を二、三度、大きく廻した。「……ボキリ」という音
「1～2時間くらい前か」

上村が聴いても何も答えない。

「そこで多美子さんと会っただろう……」

その声に、金造はニヤリと笑って目を開けた。上村に向き直って、言葉を返す。

「会っていたらどうする、この色男……」

金造は上村を睨み返している。さらに金造は続けた。

「多美子に惚れていたのは、お前だけではないぞ……」

これには、上村は言葉に詰まる。一時の沈黙のあと、言い返した。

「でも、俺は多美子さんと相思相愛だ。お前は、付きまとっていただけだろうが」

すると、金造は、またニタリと笑う。淫靡な笑いだ。

そして言った。

「でもな。多美子は、俺が『言うことを聞かないと殺すぞ』と迫ると、『お願い、殺さないで』と言って、させてくれたんだよ……そういう女だ」

拳銃を握る上村の手に思わず力が入る。金造の腹に突きつけると銃口が火を噴く。フル

オートになっていて、全弾が発射された。

そこまで話して、上村は肩を落として、大きな溜息をついた。目を閉じて、俯いている。

武井が、「質問してもいいですか」と声をかけると、上村は目を開けた。

「その日、堀田金造の別宅に行くとき、あなたは金造を殺すつもりだったのですか?」

上村は物憂げに答える。

「まあ、そうでしょう。殺すつもりがないなら、拳銃なんか用意しませんよ」

「なんで、殺そうと思ったのですか」

「俺は多美子さんに心底惚れていましたからね。その多美子さんを殺したのが金造だからです」

「金造が犯人だと思う理由はなんですか」

「あれが芝木に電話して、俺を呼び出して、朝まで留め置いて、その間に多美子さんが死んでしまったんです。金造が犯人でなければ説明できません」

これは武井もわからないではない。その推理も現にしたことがある。しかし、解剖所見では多美子に乱暴された形跡はなかった。

まあ、今日は金造殺しのことに集中しよう。多美子殺しの件は、その後だ。そう思って武井は調べを進める。昼食を挟んで夕方までかかった聴取で、その他の概要が判明する。

拳銃は、上村の大阪時代の知人に頼んで入手した。最近のことだ。逮捕・勾留されたことで、自宅の電話を使うと足がつくことを知ったので、ある場所の公衆電話で連絡した。

その知人とは隈本市の中心街の、ある店で会った。知人は、

「24口径しかなかった。使うには、腹か胸に直接突きつけて撃たないと、思うようにならない」

と教えてくれた。また、「事件ものだがいいか」と聞くので、「構わない」と答えると、

「少し安くしてある」と言ったとのことだ。

その後、武井がその知人の名前や、どこの組かなど聴いてみたが、頑として答えない。

落ち合ったという隈本市の店の名も言わない。また電話した日や、どこの公衆電話かとの
問いにも、一切答えなかった。

武井は、

「その拳銃はどうしたか」

と聴いてみた。答えは、

「翌日に天草まで行って、一号橋の上から海に落とした」

とのことだ。そこは三角ノ瀬戸《みすみのせと》と呼ばれる海峡で、深さは100メートル近くに及ぶ。

また、潮流が速く、これでは調べようがない。

その日の夕方までに上村の供述調書を作成し、逮捕状の請求をする。上村が堀田金造殺
人の容疑で逮捕されたのは、夜半に近かった。

上村が逮捕された翌日に、大山が聴取に応じた。体調はだいぶ良いとのことだが、念のため、聴取前に警察医の診察を受ける。OKが出て、午後1時から南郷署の2階取調室で聴取が始まる。今日も原田と吉田である。

「体調はどうですか」

と原田が優しく声をかける。

「ご迷惑をおかけしました。大丈夫です」

と大山は応える。今日は言葉もハキハキとしていた。問答が始まる。

「まず、大神楽の通し稽古の日のことをお聴きします。あなたは上村の身代わりを務めていましたよね」

「はい、すみません」

「それは、上村に頼まれたのですか」

これに大山は、暫く考えたが、

「頼まれたのはそうですが、引き受けたのは私も堀田金造を許せなかったからです」

と答える。

「どうして堀田金造を許せなかったのですか」

「金造のせいで、皆が不幸になったからです」

「それはどういうことですか」

そこで大山は、まっすぐ原田の目を見て言った。

「上村君と多美子さんのことを等に告げ口して、結果的に多美子さんが死ぬことになったからです」

「それは、金造が多美子さんを殺したということですか？」

「私はそう思っていません。金造が告げ口したので、怒った等氏が殺したのだと思います」

原田は、確かにそういう推理があることを思い起こしている。これは原田の推理でもある。

しかし、多美子と上村、金造の関係、等の認知症などの情報を総合しての推理だ。大山がそこまでの情報を知っているのか、ふと疑問に思う。大山の目を外すようにして、原田は優しく聴いた。

「あなたがそう考える理由は、なんですか？」

すると大山は、背筋をスッと伸ばし、大きく深呼吸した。笑顔になって原田を見る。

「もう、半年間疲れました」

と言う。また、

「もう、さっぱりしたいです」

とも言う。これは事件の犯人が、自白するときの態度、言葉だ。原田は吉田と顔を見合わせる。原田が大山に向き直って言った。

「はい、さっぱりしましょう。どの件から話してくれますか」

すると大山は大きく息をして話し出した。

「私は、金造以上に、芝木等が許せませんでした」

「ほう。それはどうしてですか」

「芝木等のために、小平隆夫さんと純子さんが自死されることになったからです」

小平瞳が等に深い恨みを持っていることはわかっている。しかし、大山が抱く等に対する怒り、恨みとはどのようなものなのか……。

原田の疑問を見透かしたかのように、大山が話していく。

「私は小平建設に5年間ほど、倒産するまで勤めました。その間、社長や奥さんには本当に良くしていただきました」

大山は、目を細め、空を見上げるような仕草をした。さらに言葉を続ける。

「実は、その頃、工事現場の足場から転落して、足を骨折して半年くらい入院したりして仕事ができませんでした。当時は労災保険金の金額も今ほどではなく、子供が高校生だったこともあって生活が大変だったのです。すると社長は、私が働かないのに給料をそのまま出してくれました。また奥さんも、いつも見舞いにきてくれたり、家族に差し入れをしてくれたり、たくさんの配慮をしてくれました。本当に感謝してもしきれません」

更に、隆夫や純子との日々のやり取りについて、大山は言葉を続ける。両人に対する心からの感謝がみて取れた。

原田は温和な口調を心掛けた。今日の取調べは、優しさが一番だ。

「隆夫さんの競輪のこととか、借金のこととか相談されたことはありませんか」

これにには大山は下を向く。力なく答える。

「いえ、直接は全くありませんでした。私に金銭的余裕がないことをご存知だったからですね……」

そこまで言って、大山は顔を上げた。

「一度、借金のことを人づてに聞いたのです。私はじっとしておれず、ありたけの貯金を下ろして、といっても百万円もありませんでしたが、持っていって『これ使ってください』と差し出したことがあります。

隆夫社長は『気持ちだけいただくよ。有り難う』と言って受け取ってくれず、奥さんが『大丈夫よ。心配しないでね』と言って、その金を私のポケットに入れてくれたのです」

大山はため息をついた。そして続ける。

「自分の力のなさを思い知らされました……」

そのようなことがあって、小平建設が倒産したあとも、大山は純子や隆夫を度々訪問していた。隆夫と純子も快く大山を迎え、純子がスナックを開店してからは、できるだけ店に行くことにしていた。

その頃、大山は多美子からも相談を受けるようになる。改めて間近に多美子を見れば、すらりとして宝塚の男役みたいで、大山には眩しかった。また、その面影には隆夫に似通ったところがある。大山は、隆夫の相談を受けるような気持ちで多美子の相談を受け、気持ちの交流が深まっていった。

隆夫が自殺したのは、大山にとっては突然だった。大山は自分の父が死んだときより哀しかった。純子と何度も会って慰め合ったが、純子は、隆夫の自殺の理由を詳しくは言ってくれなかった。

そのうち、純子が死んだ。大山は、自分の母が死んだときより悲しかった。

その後、瞳と話すようになる。大山がスナック「瞳」で最初に隆夫と純子の自殺の経緯を聞いたときには、身が震えた。その日は、寝入っても一睡もできなかった。その後も、瞳と会って話をする度に、等に対する憤りが高まっていく。

ある日、スナック「瞳」の客が他にない閉店間際に、瞳が短刀を見せてくれた。「頼金光」という小平家代々の家宝だそうだ。去年の秋頃のことである。

毛氈の袋から取り出して白鞘を抜いてみると、辺りを払うかのような輝きがある。刀身に見入っていると、吸い込まれるような気がする。

「それを見て、このままここに置いておくといけない、と思ったのです。私に預からせてほしいと頼みました」

と大山は言う。

「どうして預かろうと思ったのですか？」

原田が訊くと、大山は胸を張るようにして答えた。

「芝木等がまた来るかも知れません。瞳さんにそのまま持たせていてはいけない、と思いました」

「その短刀は、預かったあと、どこに置いていましたか」

これに大山は一呼吸置いた。原田の顔を覗き込むように、声を落とした。

「座敷仏壇上の戸袋に入れていました。時折取り出して、教えてもらったように手入れをしますが、なんというか、背筋が寒くなるような気がしたものです……」

そう言って、大山は小さく唾を呑み込んだ。原田の背筋に、ふと冷たいものが流れる。思わず、原田は「プルプル」と頭を振っていた。

それから暫くしたある日の夜半に、「カタカタ」と鳴る小さな音がする。確かに、短刀を入れていた戸袋の方向からだ。大山は、戸袋を開けて、毛氈の刀袋に入れた短刀を取り出し、見てみた。すると、鯉口が切った状態になっている。

「そうか、これでなにかの振動で音がしたのか」と思い、また「ぱちん」と音がするまで鞘に納めて、元のとおり戸袋に収納した。

するとは暫く音がしなかったが、また一月経ったくらいの夜半に、同じ音がする。袋から短刀を出してみると、鯉口が切ってあった。また鞘に納めて収納する。

さらに一月後、同じような音がする。短刀を改めると、また鯉口が切れていたので、この日は刀を抜いてみる。3か月に一度手入れをするように言われていたので、そのためもある。

抜いてみて、刀身に見入っていると、ふと刃紋が動く。なにか、人の影を見るような気がする。

「それ、本当の話ですか……」

思わず原田が声を出した。原田はあまり怪談が得意ではない。また変な怪談話に付き合う暇はないのだ。

すると、大山は、真顔を向けた。

「いや、本当なのです。それに、外を見れば、その日は満月でした。そして、その1か月後も、きっかり満月の日に、短刀の鞘鳴りの音が聞こえるのです。それ以来、怖くなって、鞘鳴りがしても無視していました」

そこで大山は大きな息をする。その言葉には、創りごととは思えない響きがあった。

「そうして、芝木事件当日になるのです」

　大山の話は続く。

「その日、上村宅で、柿原も一緒に飲んでいたのですが、夕方上村が芝木に呼び出されたのです。その後、上村がなかなか帰って来ないので私達は1～2時間ほどして自宅に帰りました。

　すると、夜半に近い頃になって外を見れば、それまで数日間大雨続きだったのが、いつの間にか空は晴れ渡って、満月が出ていました。風の音も全くしません」

　大山は、その情景を見ているかのように目を瞬かせている。

「満月を見ていると、なにか仏壇の上の方からカタカタという小さな音がします。戸袋の中のようです。いつもの短刀の鞘鳴りだとわかります」

　そこで大山は改めて聞いてきた。

「本当なのです。信じてもらえますか？」

「はい、信じますよ」

と原田は応じる。信じ難い話ではあるが、自白途中の大山に水を差してはいけない。

　大山は、安心したかのように話を続けた。

「そのあと、また暫く月を見ていたのです。すると、突然上村のことが気になりました。なぜか、芝木家に行かなければという気持ちになったのです」

　原田は口に手を当てながら、じっと大山の顔を見ている。

「行ってみると上村はおらず、芝木等が居間でなにか呻きながら一人オロオロしていました」

原田と吉田は、思わず身を乗り出した。

「そこで私が『上村君はどうしましたか』と訊くと、『帰った』と言います。多美子さんがいないので『多美子さんはどこに行きましたか』と訊くと、芝木等は家の奥の方を指さしたのです。それで私が指さされた方に行って部屋を探すと、奥の座敷に多美子さんが倒れていて、もう息がありませんでした……」

大山はそこで顔を伏せて、深い溜息をついた。また顔を上げて話に戻る。

大山が芝木等に、「なんてことするんだ」と言うと等は、「多美子が悪い」と応えた。

多美子の傍にゲートボールのスティックが落ちており、大山が手に取ってみると、把手が折れている。大山は、これで芝木が多美子を叩き殺したことを確信した。

大山は言う。

「それを見て私の中で一気に憎しみが沸き上がってきて、堪えられなくなったのです」

多美子は女性ではあるが大山の親友と思っている。また、これは多美子だけのことではない。同様に親友だった小平純子やその夫の隆夫、また夫婦が飼っていた犬にまで、これまで等がしてきた様々なことが一気に思い起こされた。

そこで大山は自宅に駈け戻る。

「なぜそうしたかはわからない……」

と大山は付け加えた。

家に着いたところでゲートボールスティックを手に持っていることに気付いて、風呂場の焚口の近くに捨てた。

家に入ると仏壇の上の戸袋に、小平瞳から預かった短刀がある。「頼金光」６寸５分の短刀だ。それを手に取り、芝木家に引き返す。

「その時歩いていて、なにか自分が自分でない気がしました……」

と大山は言った。自分の体に後ろからなにかが被さってきて、自分の体を前に動かしているような気がした、とのことだ。

芝木家に着くと、等は居間でまだなにか喚いていた。大山はその正面から近づくと短刀の鞘を払い、等の心臓を一突きして、引き抜く。どっと血が吹き出すのを身を翻して避ける。やがて、血が収まってきた。ピクピクしていた等の身体も動かなくなる。

そこまで大山は、夢を見ているような気持ちだったという。そしてそこで、はっと正気に戻ったような気がして、思った。

「このままでは、この短刀で殺したことになる。瞳さんに迷惑がかかる」

ふと、芝木家の刺身庖丁が目についた。短刀と殆ど同じような身幅、長さだ。大山はその刺身庖丁の柄を持っていた手拭いでくるみ、短刀の傷に沿って突き刺した。そして、そのままにしておく。

手拭いと、大山が身に着けていた血の付いたシャツなどは、ゲートボールのスティックと一緒に朝風呂を沸かす風を装って焼いた。大山家の風呂は薪で焚く五右衛門風呂で、風呂沸かしはいつも大山の仕事である。妻は全く風呂の焚口に来ることはない。また、洗濯も大山の仕事である。シャツなどが多少なくなっても、妻に気取られることはなかった。

そこで原田が、尋ねた。

「その短刀は今、どこにありますか」

「仏壇の上の戸袋に入れています」

原田は、顔を傾げた。

「どうして処分しなかったんですか？」

大山は胸を張って答える。

「それは小平家の家宝です。私の一存で捨てるわけにはいきません」

この短刀は、後日捜索で大山の言葉どおり発見され、押収された。刃と鞘から血痕も検出されている。

原田が吉田に、「なにか聴くことはないか」と言うと、吉田が「ひとつ、いいですか」と断って口を開いた。

「あなたは、剣道とか居合道とかしていますか？」

「いいえ、全然経験はありません」

「庖丁や短刀の扱いには慣れているようですが……」

「ああ、私は猪や鹿の猟をしています。鉄砲ではなく罠猟です。罠にかかった猪などは、心臓を一突きして仕留める必要があります」

原田も吉田も、この答えには納得した。

原田たちはその後、大山の供述調書を取る。上座神社の大神楽通し稽古日に上村の身代わりを務めたことと、芝木等に対する殺人の件である。その上で、殺人容疑での逮捕状を請求する。また、逮捕・勾留に耐える体力があるか、医師の診断を求める。

夜８時には逮捕状が発布され、逮捕・勾留に耐えられるとの医師の診断も出たので、夜10時過ぎに大山の逮捕状が執行された。

第7章　真実

捜査本部解散

逮捕された上村と大山は、二勾留22日の取調べの後、堀田金造に対する殺人と銃刀法違反の罪で上村が、芝木等に対する殺人と銃刀法違反、犯人隠避の罪で大山が、隈本地裁に起訴された。

上村と大山の起訴が終わり、その残務も終了した12月11日の月曜日、午後3時から南郷署4階大会議室で、芝木夫婦、堀田金造殺人事件各捜査本部の会議が開催される。これに合わせて、深森町助役選任同意議決に関わる贈収賄事件についての南郷署と県警捜査二課との合同捜査体会議も、併せて開催された。

贈収賄事件合同捜査体は、6月末頃には起訴が終わり任務が完了していた。しかしその捜査中に、被疑者である芝木等議員に対する殺人事件が発生した。また芝木事件捜査中に、贈収賄事件の被告人であり、芝木事件の容疑者でもあった堀田金造に対する殺人事件が起き、原田などの贈収賄事件捜査員が引き続き殺人事件捜査をも担当したので、合同捜査体はそのまま維持継続されていたのである。

各捜査本部と合同捜査体は、原田など兼務する警察官も多いが、それでも出席者は総勢30名ほどにはなる。

まず、捜査本部長を務める吉井刑事部長が挨拶した後、事件の経緯が説明された。加藤が体調不良で欠席のため、堀田金造事件について武井が、芝木事件について原田が説明に当たる。

そのあと、河島次席が収賄事件の報告をして、そこで山下が皆に言った。

「せっかくだから、皆の感想を聞かせてくれ。なんでもいいから……」

早速、本山が手を挙げる。

「議長選任議決についての贈収賄を立件できなかったのは、納得できません」

これには、少なからず頷く者がある。しかし原田は、ああいう話をわざわざするから出世が遅いんだ、と言いたくなる。武井はいつものように目を瞑って聞いていたが、そのまま、薄笑いをした。

次に、

「芝木多美子殺害の犯人は結局誰なのですか」

と聞く者がある。これに、武井はゆっくりと目を開け、立ち上がった。

「上村は、堀田金造と言ってますね。自分の耳で聞いたそうです」

それに対して、捜査一課の内川班長が手を挙げた。

「でも、金造は大嘘つきだ。死を覚悟して、最後の大嘘をついたのかもしれんよ」

吉田も言葉を続ける。

「確かに、大山は芝木等が殺したと思っていましたよね」

「これは永遠の謎だが、二人のうちの一人が犯人なのは間違いない。いずれにしても被疑者死亡で不起訴だ」

そう言うのは水谷捜査一課長である。また皆を見回して言葉を続けた。

「でも、最初の上村逮捕は失敗だった。小平瞳を逮捕の直前まで持っていったのも失敗だった。これは、俺も含めてだが、いつの間にか視野狭窄になっていたようだ。これは反省しないといかん」

これには皆、声も出ない。特に原田は、その捜査を進めた中心人物なのだ。思わず下を向いてしまった。

それを横目に、武井は腕を組み、天井を見上げてまた目を瞑る。後の話は、右から左に流していく。武井には特に反省するところはない。また、どんな事件の捜査結果にも、完璧ということも、反省点がないことも、決してないのだ。

やがて山下の声が聞こえた。

「はい、会議はこれまで。各捜査本部、合同捜査体は本日を以て解散となります。あとは連絡してあるとおり、午後6時から打ち上げの反省会を田楽屋『峠』でやります。開始まで2時間以上あるので、各自温泉にでも入って、時間厳守で集合をお願いします」

皆、「おーう」と声を合わせて散会となる。県警本部から参加している者は、この日は国民宿舎に宿泊する。その隣には公営温泉があるので皆そこに行くが、原田は吉田がいるので、今日も宴会の後、自宅に帰る予定だ。風呂は、いつもの根子岳を望む温泉にした。

もう12月も半ばになる。高原の紅葉はすっかり落ちて、夕暮れの露天風呂は寒々とした景色となっていた。肩まで深々と湯に浸かり、目を閉じる。こうしていると、本当に苦労が溶けていくようだと思う。

そこへ隣の吉田が声をかけてきた。

「加藤さん、これからどうなるんですかね」

「そうだね……」

これは、原田にはどうにもできない事柄だ。県警本部の警務課、監察課の仕事になる。

吉田が続けた。

「山下署長や吉井刑事部長の力で、どうにかなりませんかね」

原田は、山下署長も吉井刑事部長も来年3月には定年を迎えることを知っていた。しかし、吉井刑事部長や山下署長の弟分で、将来の刑事部長間違いなしとみられている石川首席監察官がいる。

「まあ、今の体制だったらなんとかなるんじゃないか。そのうち当たってみるよ」

するとと吉田がさらに続ける。

「先輩は聞いていませんか。これは同期の監察課係長からの情報ですがね。加藤課長は瞳さんとのことを、自分から奥さんに全部話したらしいですよ。奥さんが監察課に怒鳴り込んできたそうです」

原田は、えっと驚く。

「なんで、加藤課長はそんなことしたんだ?」

それには吉田も答えられない。首を振っている。原田は思う。

奥さんにそんなことをされれば吉井刑事部長も、石川首席監察官や山下署長も、加藤を守ってやることなどできないのだ。

考えてみれば、小平瞳を犯人と思って追い込んだのは俺だ。確かにそういう方向で捜査は進んでいたが、俺が芝木の長女から聞いてきた話と、小平家裏庭にある犬の墓脇に立て掛けられたステッキが決定的なものだった。

あれがなければ、加藤がわざわざアリバイを持ち出すまでもなかった。

「加藤君には本当に申し訳ないことをした」

そう思うと、原田の気持ちは冬の夕暮れの景色のように、落ち込んでいった。

今日はあまり打ち上げの酒も味がしそうにない、と原田は思う。カラスが「あほうあほう」と言いながら西の空に飛んで行く。

そこで吉田が原田に言った。

「まあ、これで加藤課長も、出世を考えなければ幸せな人生が約束されたのではないですか。警部から降任されることはありませんし、なによりあの鬼嫁と別れて瞳さんと一緒に生活できるのですから……」

原田は、加藤は果たしてそうするかな、とふと疑問に思う。考えればこの事件はなにか腑に落ちないのだ。喉に引っかかったような違和感があることに、改めて気付いた。

原田が根子岳を向いたまま目を閉じると、尾根の上に跨った大猫が、八股の尻尾を風に靡かせている。

原田は大猫に語りかけた。

「なんでこんな気分になるのかな……」

大猫は原田を見下ろして来た。

「腑に落ちないのは、なにかが喉に引っかかって胃の腑にまで行かないからだよ」

さらに、大きな目を細める様にして続けた。

「これを流して胃に落とすには、酒飲むのが一番だね」

大猫は、夕暮れの大空で八つの尾をゆらゆらと振りながら、カラカラと笑っている。

原田は両手で湯を掬って顔に浴びせながら、吉田に向かって大声を出す。

「よーし、今日は飲むぞ」

「やっと元気が出ましたね」

酒の飲めない吉田は笑っている。

瞳と加藤

その日の同じ時刻に、小平瞳は隈本駅から南郷駅に向かう列車内にいた。阿蘇谷に入ったばかりのところで、終点の南郷駅まではまだ30分ほどかかる。車窓の景色はだいぶ寒々としてきた。車内は座席に若干の空席があり、高校生の学生服、セーラー服姿と、あとは通勤客とみられる男女である。

瞳は今日、隈本市古京町にある隈本拘置支所に行った帰りである。大山一樹との面会だった。

隈本拘置支所の面会室は古い金網越しでの面会となる。受付をして面会室に入り、小さな丸椅子に座っていると、大山が看守とともに入室してきた。瞳の前の、これも丸椅子に座る。

瞳は立ち上がって、

「本当にお世話になりました」

と深々と頭を下げた。また、

「こんなところで辛い思いをさせてすみません」

と続ける。

大山は、横で面会内容を筆記している看守に目をやりながら、

「いえいえ、私の自業自得です」

と応えた。また、なにか話そうとする瞳を遮るように、

「今、僕は本当に幸せな気持ちです。わかって頂けますか？」

そう言いながら胸を張った。顔色も良く、丸顔が福々しく見える。そして笑っていた。

瞳はなかなか言葉が出ない。大山を見て自然に涙が溢れてきた。ハンカチを取り出して目に充てていると、今度は大山が深々と頭を下げた。

「その涙は忘れません。有難う」

言葉少なく時間だけが経っていく。お互い、自然と胸の中で言葉を交わしていた。やがて瞳が口に出して尋ねる。

「どのくらい刑務所に行くことになるのですか……」

「はい、弁護士に訊きましたが、15年くらいの懲役刑になるだろう、ということでした」

「そんなに長い間ですか……」

瞳は絶句する。大山は優しい目を向けた。

「でも僕は初犯なので、真面目にしていたら刑期の半分か3分の2くらいで仮出所できるだろうとのことです」

瞳は言葉が出てこない。たとえ出所するまで10年にせよ、大山はもう50歳代の半ばなのだ。残された人生の多くを刑務所の中で過ごすことになる。そして、その原因は、瞳自身なのだ。

あっという間に面会時間は終わる。看守に促されて大山は部屋を出て行った。最後に片目を瞑って目配せをする。瞳は大きく両目を開いたまま、それを凝視していた。

車窓からの景色を見ながら、瞳は今年の5月18日夜半のことを思い出していた。


4月半ばのある日、瞳宅に母の母校である女子高校同窓会の会報が届いた。それを見ていると同窓会員の旅行案内が載っている。その旅行は5月17日発20日帰着の三泊四日の北海道旅行で、世話人3人の中に芝木多美子の名前があった。

それまで瞳は、芝木が店に来た時に襲うことを考えて短刀を店に置いていたが、他の来客などもあり、なかなか機会がなかった。芝木宅で等を襲うことも考え、何度か行こうと思ったが、多美子がいる。多美子には罪はなく怪我させたりしたらいけないと思って、思い止《とど》まってきた。

瞳はその同窓会報をみて決心する。17日から19日の間は、等は自宅に一人だ。夜間に往復して殺そう。機会はその3日間しかない。

やがてその日が来た。最初の17日夜は客がなかなか帰らない。また大雨が降って、往復の道が心配だ。翌日に回す。

翌18日夜、客はあまり来ず、加藤が閉店まで付き合った。翌日隈本まで車を運転しての出張というので、10時には酒を切り上げて瞳の自宅へ場所を変え、暫く逢瀬を楽しむ。加藤は12時前に帰っていった。明日の出張の準備があるとのことだ。

加藤を見送ってふと空を見れば、中天に真ん丸の月が出ている。いつの間にか雨は止み、風も殆どない。瞳は即座に決心した。

上下のジャージを身に着けて白い軽自動車に乗り、家を出て店に立ち寄る。入口ドアを開け、棚から「頼金光」を取り出して、それを手に中座集落へと急ぐ。30分ほどで芝木宅に到着した。

着いてみると、夜半というのに部屋の灯りがついている。家の中に入ってみると、等が居間にいて「多美子、多美子」と独り言をしている。思わず立場も忘れて、

「多美子さんもいるの？」

と瞳が聞くと、

「あっち」

と等が指をさす。その方向を探すと、奥座敷に多美子が倒れていて、もう息がなかった。

多美子がいれば計画は中止するしかない。しかし多美子はいたが、既に死んでいた。瞳はゆっくりと起き上がり居間へ戻る。そして「頼金光」の鞘を払い、その場に立っている等の正面から心臓部を一突きする。等はゆっくりとスローモーションのように仰向けに倒れた。途中で等の腕が座卓の上を払い、コップと茶碗のいくつかと、菓子皿が辺りに飛び散る。


瞳は、暫くその場で身じろぎもしない。ふと人の気配を感じて振り向くと、大山一樹が立っていた。大山は隆夫や純子の友人で、純子が死んでからは瞳の話し相手になってきた。純子が等を殺したいと言っていたことや、瞳もそう思っていることも話したことがある。店で家宝の短刀を見せたこともあった。

大山は無言で瞳に歩み寄った。短刀を取り上げ、持っていた手拭いで血を拭いて鞘に納める。

そして言った。

「これは僕が預かります。いいですね」

いつもの大山の言葉とは思えない強い響きがある。瞳は思わず頷く。

大山は暫く考えていたが、台所にあった刺身庖丁の取っ手に手拭いを巻き、等の傷に沿って身体に突き立てる。そしてそのままに放置した。

瞳に向き直って言う。

「いいですか。この短刀は半年前から僕が預かっています。いいですね……」

一呼吸置いて、こうも言った。

「このまま早く家に帰りなさい。そして今日のことは、すっぱりと忘れなさい。この出来事は夢の中のことです。現実の出来事ではありません」

瞳は黙って顔を縦に振る。

「早くお帰りなさい」

と大山が促すので、

「実はあっちの部屋に奥さんが……」

と瞳が言うと、大山は奥座敷を見に行き、折れたゲートボールスティックを手に戻ってきた。そして吐き捨てるように言う。

「等がやったのに間違いない」

見れば涙が両目に滲んでいる。暫く放心したようにしていたが、やがて大山は思い直したかのように、「早く帰りましょう」と急かした。

瞳は軽自動車に乗り南郷市へと向かう。大山がその後どうしたか、その日は見ていない。

瞳はその日の出来事を忘れようとしたが、容易に忘れられるものではない。そのうち上村が芝木等殺人の容疑で逮捕されたことを知る。余り知らない他人ではあるが、上村に無実の罪を着せてはならない。そう思ってある日、加藤に、犯人は自分であると告白した。

加藤は驚くが、「暫く黙っていなさい」と言う。抗えない強い口調だった。

やがて上村が釈放される。アリバイが認められたとのことだ。その頃、瞳は加藤にそれまでの出来事を包み隠さず話した。父や母のことから、事件当日の大山とのやり取りも含め、全てだ。

ある日、加藤が、大山と会って芝木等の事件について詳しい話をしてきたと瞳に打ち明けた。警察官としての話ではない、と付け加える。大山は加藤に対して、話したとのことだ。

「あの晩、上村を探しに芝木家に行って、多美子さんが殺されているのを見て逆上した。自宅に取って返し、半年前に小平瞳から預かった短刀で芝木を刺し殺し、そのあとで、家宝の短刀を守るために刺身庖丁を突き立てた」

大山は、瞳がその場にいたことを、加藤に対して一切触れなかった。

「あれは、自分で罪を被る覚悟だね」

と加藤は、神妙な顔をする。そして、

「僕にも、なにかできることはないかな……」と考え込んだ。瞳はそのとき、二人の愛情が胸に刺さり、言葉もなかったことを記憶している。

やがて列車は南郷駅のホームに入る。駅前に出てみると辺りはすっかり暗くなっていた。街路樹の電灯の下に男の影がある。加藤の姿だ。今日、加藤は捜査本部解散式にも打ち上げにも参加していない。スナック「瞳」は休みにしていた。昨日、本山が、今日の８時半に10人で予約を申し込んだが、断っている。

二人揃って店に入る。店の看板には灯りを入れず、入口の内鍵をかけてカウンターに二人並んで座る。

「大山さん、どうだったね」

「はい、本当に申し訳なくて……」

瞳は言葉少なだ。

「でも、スッキリしていただろう」

「……はい」

瞳が二人の前に置いたグラスに瓶ビールを注ぐ。お互いグラスの半分ほど飲んだところで、加藤が言った。

「僕も君とのことを妻に話した。妻が県警本部の監察課に通報しているから、やがて注意処分がある。一緒に辞表を提出するつもりだ」

瞳は加藤に向き直った。

「やはり、そうされましたか……」

加藤は、瞳の肩に優しく手を置いた。

「これは君のせいではない。まあ、僕がこうなることは、ずっと昔から決まっていたのだよ……」

また暫く沈黙が続く。やがて瞳が両手で顔を覆いながら、大きな息を一つ吐いた。そして加藤の目を見る。

「やはり、私だけなにもないようにはできない。大山さんに罪を被せたままになんか、できない……」

そう言う瞳を、加藤は優しく諭した。

「でもね、現場に大山さんが来たのは、お父さんとお母さんのお導きだよ。大山さんや僕がしたことも、お父さんとお母さんがなさったことではないかな?」

瞳は、顔を横に振りながら言葉を返した。

「いや、違う。今までそう思っていたけど、今日帰りの列車の中で気がついたの。父や母は、大山さんが刑務所にいる間、私がどんな苦しい気持ちでいるかきっとわかってくれる。これから自首することを理解してくれる。

私は芝木等を殺した時、すぐに自殺するつもりだった。父と母が大山さんをその場に呼んだのは、私が自殺しないようにとの思いだったのよ。私に、大山さんに罪をなすり付けて知らん振りさせるためでは、絶対にない……」

加藤は目を瞑って沈黙している。静かな時間が流れる。やがて瞳が加藤の目を覗き込むようにして言った。

「でも私が自首すると、加藤さんも罪になるのでしょう……」

加藤は瞳を見返してニッコリと笑った。

「まあ、犯人隠避罪で裁判を受けるだろう。でも刑務所に行かなくてもいいかもしれないし、行っても短い間だ。処分を受けて辞職するのと大して変わらないよ」

「……私のせいで……ごめんなさい」

瞳は加藤のグラスにビールを注ぎ、自分のグラスにも注いだ。それを手に取り目の高さに上げる。加藤もこれに応え、二人無言でグラスを合わせた。

お互い一気に飲み干して加藤が言う。

「いつ出頭するつもりなの？」

「早い方がいいので、明日にする」

「わかった。僕も一緒に出頭するよ」

今度は加藤が二人のグラスにビールを注ぎながら微笑んだ。

「出頭先は、できれば原田係長のところにしてくれないか。あの人には本当に何回もお世話になったのでね」

瞳は黙って頷いた。そして、はにかんだような笑いを浮かべて、加藤に言った。

「このあと家に来ない？　簡単なご飯を作るから。今夜は一緒に過ごしましょう」

二人並んで街路樹の下を歩く。人通りは少ない。瞳の家まで歩いて10分ほどの距離だ。東の空には満月が出ている。ふと見ると、月の表に家路を急ぐ二羽の鳥が浮かんでいる。黒い鳥の影が、月が笑う細い目のように見えた。

「お月さん、笑っているよ」

瞳が嬉しそうな声を上げる。加藤もこれに応えた。

「お父さんとお母さんも、きっと笑っているよね」

その後

小平瞳と加藤慎吾は隈本県警本部の原田を訪ね、犯罪の自己申告をした。その後、大山一樹に対する殺人の起訴は取り下げられ、新たに犯人隠避と銃刀法違反で起訴された。小平瞳は芝木等に対する殺人で、加藤慎吾は小平瞳の犯人隠避で起訴される。

皆それぞれに裁判を受けたが、瞳と加藤、上村、大山は皆、素直に罪を認め、潔く裁きに服した。判決は、上村に対して懲役15年、瞳に対して懲役10年、加藤に対して懲役２年執行猶予４年、大山に対して懲役３年執行猶予5年が言い渡され、四人とも控訴せず確定した。

芝木多美子に対する殺人事件は、結局未解決となった。その後捜査を続けても、犯人は芝木等か堀田金造以外には考えられず、また証拠上そのいずれであるかの特定は困難である。仮に犯人を特定しても被疑者死亡で不起訴となる。そのような事件に労力を割く余裕は、隈本県警にも隈本地方検察庁にもなかったのである。

それから7年後の秋の日、服役中に加藤と姓を改めた瞳は、佐賀女子刑務所を出所する。門前に、加藤と大山の出迎える姿があった。

了

著者プロフィール
島　二郎（しま　じろう）
1950年生まれ、熊本県出身。
九州大学法学部卒業。熊本県在住。弁護士。
著書に、
『刑事の記憶　昭和・平成』（2022年 文芸社）
『刑事の記憶Ⅱ　半落ち』（2022年 文芸社）
『夢か現か』（2022年 文芸社）がある。

刑事の記憶Ⅲ　不在証明《アリバイ》

2024年９月15日　初版第１刷発行
2024年12月15日　初版第２刷発行

著　者　島 二郎
発行者　瓜谷 綱延
発行所　株式会社文芸社
〒160-0022　東京都新宿区新宿1－10－1
電話　03-5369-3060（代表）
03-5369-2299（販売）

印刷所　株式会社エーヴィスシステムズ

ISBN978-4-286-25646-7

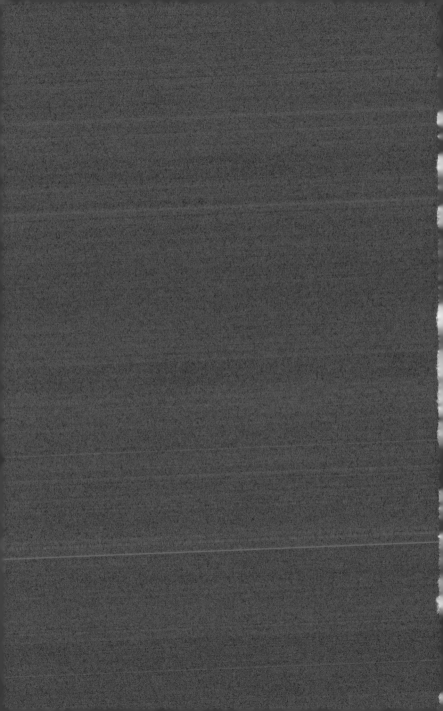